EL QUADERN GRIS

灰色笔记

JOSEP PLA

〔西班牙〕约瑟·普拉 著

元柳 译

人民文学出版社
PEOPLE'S LITERATURE PUBLISHING HOUSE

institut ramon llull
加泰罗尼亚语言和文化

The translation of this work has been supported by the Institut Ramon Llull.
Translated from Catalan by Yuanliu.

一九一八

三月八日

流感盛行[①]，大学只好停课。于是我和兄弟没了书念，便回到帕拉弗鲁杰[②]跟家人同住。我兄弟是个足球迷，尽管已经折过一只胳膊一条腿。我只有吃饭的时候才见得着他。他过他的生活，我混我的日子。对于巴塞罗那，我全无眷恋，更别提大学了。我喜欢镇上的生活，朋友们都在这里。

午饭过后该用甜点，摆上桌来一大盘蛋奶羹和一个蛋糕——美味蓬松，色泽金黄，敷着一层轻飘飘的糖末。母亲对我说：

“还记得吧？你今天二十一岁了。”

可不是，难道还有什么好争辩的：我今天二十一岁了。我把眼睛一轮，父亲默不作声地吃着东西，全然一副若无其事的样子，母亲则不似常日那般紧张。我们本地只庆祝圣名节[③]，所以蛋糕和蛋奶羹的出现令我起疑。我问自己，

---

① 1918 年流感肆虐，造成大量死亡。

② Palafrugell，作者的故乡。

③ 时人通常不庆祝生日，而是圣名日。例如圣母马利亚的纪念日是 9 月 12 日，届时所有名为玛利亚的人都会庆祝。

这究竟是为了过生日，还是想要提醒我：我在人生的头些年里完全是个穷兮兮的赔钱货。依我看，这种弦外之音相当自然。父母看着儿女浑浑噩噩、云里雾里的样子，滋味一定很不好受。然而，我这人心无常念，甜点勾起的是非之问妨碍不了我品味蛋糕的可口和蛋奶羹的香甜。我吃完再取，脸上更添了几分麻木不仁。二十一岁！

家庭！既有趣又麻烦……

下午过半，落起雨来，细小稠密，时断时续。天色灰沉，没有一丝风，雨水打着院中的地面和树丛，一片悠远低哑的声音，宛如冬日的涛声。三月的雨，冰冷，凛冽。暮色降临，天空由灰转白，似有还无，淡如薄纱。一片厚密几可触摸的寂静压着重重屋顶，笼罩着镇子。雨声如朦胧的音乐，令这寂静更显绵长。在这窸窣之上，却见飘忽着我整日的执念：二十一岁！

我眼望细雨，终于生困。我不知做什么才好。显然，应该学习，复习课本，好摆脱这烦人的法学本科。做不到。若是平常，我在街头碰见无论什么纸张，都禁不住读上一遍。而面对这些书本，我的好奇心却无影无踪。

我决定动手写这部日记，不论多少，随心起止，任凭天意，全为了打发时间。母亲为人极爱干净，执意把家里保持得严洁有序。她喜欢撕掉无用的纸，烧掉老旧的器具，把一切不能立即派上实际或装饰用途的东西卖作废品。如此一来，倘若这些纸能从她可钦的持家之道中逃出生天，将俨然是个奇迹。纵不能幸免，我知道母亲的举动终究不是出于恶意。

三月九日

写这类文章，似乎总应当在开篇表明家世。我这个人，但凡往事或者回忆录，纵然极其卑微粗俗，也总能读得兴味盎然。这些字纸若逃得过火劫，没准儿哪天会落入他人眼中，许是什么远房亲戚，许是某个闲喜猎奇的人。

我一八九七年三月八日生在帕拉弗鲁杰（小安布尔丹）。我一身血肉都属于安布尔丹。这里东是瓦古尔的宋立克山，西是费多尔群山，南有蚂蚁群岛，北有格力山，如此合成我眼中的大观。这片土地总给我一种沧桑感，曾有各式各样漫无目的、形色不一的人物置足其间。

我父亲名叫安东尼·普拉·维拉尔。普拉一词出自“普拉田庄”。庄园所在的优服琉是帕拉弗鲁杰边上一个微不足道的小地方。这座寂静的小镇有自己的讲道堂，土地干燥贫瘠，镇上的人驯顺保守，碌碌寡志。至于维拉尔，是蒙特拉斯镇上的一个家姓。镇中有帕拉弗鲁杰到帕拉莫斯的公路穿过。当地有很多喧嚣的共和派，曾引发过暴力纷争，有的缘于政治，有的为了私怨。我父亲祖上世代务农。自特伦托会议[①]以后，镇讲道堂便开始有档案记载。当过堂长的比尔瓦神甫——其人颇有才识，爱读故纸胜过栽培番茄——曾经告诉我，自从有了文献，我的家族便屡屡在普拉田庄登名。我的祖辈都是贫农，主要以种葡萄为生。

十九世纪六七十年代，蒙特拉斯的维拉尔一家迁至巴塞罗那。叔祖辈的一位维拉尔医生在巴塞罗那奈塔[②]定居行医。他叫玛丽埃塔·维拉尔，即我的祖母玛丽亚·维拉尔·果隆的兄弟。维拉尔医生在政治上是个激进派，宣扬一种唯物无神的科学主义。他一头罗马式的发型，头发底下是一张极其苍白的脸，同脖子上鼓鼓囊囊的黑绸宽领带相得益彰。他为人狂热而急躁，心性则极良善，颇能令人回想起一八四八年[③]的风采。

玛丽埃塔·维拉尔为了同祖父约瑟·普拉·法布雷加斯完婚，从巴塞罗那来到我们镇。当时正值第二次卡洛斯战争，陆路不安全，故此她取道海上，在帕拉莫斯下船，然后搭上一辆常见的圆篷车。当时是秋天，马车迎着夕阳出发，还未走到彼恰桥，马匹受惊，直往后退。原来是公路中间有具死尸。挨着路边有片阴暗的树林，从中可见焚

---

① 指罗马教廷于 1545 至 1563 年在北意大利的天特城召开的大公会议。这次会议是罗马天主教会之自我改革运动，以此抗衡马丁·路德的宗教改革所带来的冲击，又被称为“反改教运动”。

② 巴塞罗那的一个沿海市区。

③ 指欧洲 1848 年革命。

烧湿柴的火光和浓厚的白烟。当时萨瓦伊斯[1]将军的骑兵队正在松树下扎营。我的祖母惊惶失色，一路战战兢兢，总算回到了家里。家人为她解开胸褡，让她躺在沙发上，又宰了一只鸡。等到几碗鸡汤落肚，她才缓过神来。那次惊吓让玛丽埃塔祖母记了一辈子。前不久，有个农民向她抱怨世道不太平，我听她说道："可不！不管谁掌权，都不能让无辜的百姓为了缓气儿就隔三差五地宰鸡……"

我母亲名叫玛丽娅·卡萨达瓦伊·雅科。她的父亲柏拉·卡萨达瓦伊是个铁匠，在帕拉弗鲁杰镇上有座露天铸炉。他前室的儿子叫埃斯岱瓦·卡萨达瓦伊·帕莱拉斯，曾移居古巴，靠烟草生意挣了一笔可观的财富（就当时来说）。那笔财产的三分之一后来由他的异母姐妹（我的母亲）继承。外祖父柏拉年轻时是个思想自由的编草匠。自从儿子由古巴归来，外祖父明显开始收敛。随着年华凋零，他将铸炉封火，订了一份《布鲁西》[2]，度过了一个平静安详的晚年。

雅克一族出自伽瓦拉的菲多尔山区。我的曾外祖曾在卡沃尔卡垦田——天空和树林间一座偏远孤零的田庄。雅克一族人丁兴旺，传家久远。我外祖母这辈共有子女七人：一男六女。儿子是个逃兵，去了法国的兰斯，在那儿结婚并生下一子，取名伽斯通。这个儿子后来为法国战死于凡尔登。这段事迹听来神秘，可能其实未必如此。至于闺女，

---

① 加泰罗尼亚将领，曾参与第三次卡洛斯内战。

② 《巴塞罗那日报》的俗称，创办于 1792 年，2009 年停刊。

两个嫁到卡隆嘉，两个嫁到帕拉莫斯，还有两个嫁在帕拉弗鲁杰。其中几家后来也迁到了法国。如今，我母亲的两个表兄弟是激进的无政府主义行动派、警察眼里的危险分子……以出入监狱、东躲西藏度日。他们甫在镇上露面，转眼又从阿尔韦拉的另一端现身。在我们当地的各个家族中，富有或者可称宽裕的一派通常是天主教徒，循规蹈矩；穷人则是无政府主义者，行止无端。这没什么稀奇。一方越是富有，另一方往往就越心有不甘。

在祖辈当中，我只认得玛丽埃塔祖母。祖父约瑟·普拉凭窗观望暴雨的时候遭了雷击，去世时尚年轻。外祖父柏拉·卡萨达瓦伊在我出生前已经过世。外祖母格拉西亚·雅克·塞拉，从家中存留的一张银版相片来看，其人温淑娴静，面容清朗，额间有一纹完美的皱痕，五官线条分明，流露出一丝妩媚。

根据我的印象，多年以来，家里人对从古巴载富而归的埃斯岱瓦·卡萨达瓦伊先生一向钦敬。他回乡以后娶了高贵貌美的贝娅特柳·基尔瓦小姐。两人没有儿女。这位贝娅特柳女士，早先曾同一个姊妹——至今单身的可尔内娅女士——在香槟省的埃佩尔奈生活。她们的父亲在当地做酒瓶塞生意。时至普法战事初起、德军入侵，他们住得离事发地点非常接近，有一天还见到俾斯麦王子①骑着白马从镇上经过。

① 即铁血首相俾斯麦。

卡萨达瓦伊先生因受贝娅特柳女士熏染，与教会渐趋渐近。有一年，著名的耶稣会士伽维尔纳神甫来帕拉弗鲁杰做了一次感人肺腑的布道，结果引发了多人皈依天主的盛况。卡萨达瓦伊先生受到触动，成了一个暴戾果敢、全心全意的天主教徒。他不待讲道结束，便去公证处口授了一份遗嘱，要留给吉罗那分教会一万金币（占其动产的三分之二）。他皈依的举止俨然如刚入教的新人，便有人含沙射影，说他曾在古巴做过自由派，也可能当过共济会会员。这段公案我永远也弄不清楚。不过宗教的确赋予卡萨达瓦伊先生一种大方的性格。当时庇护九世在位，卡萨达瓦伊先生被本地的共和派唤作“教皇的信使”。他变得极其凝重严肃，谨言慎行。他时常穿戴长礼服、圆礼帽、亮漆皮鞋，执一根油黑的手杖，杖顶镶着一颗台球大小的象牙珠。他身材高瘦，略有些驼背，能写一手可赞叹的好字。

我父母结婚时很年轻，都年方二十，身体健旺。所以我出生后不久便有了体格结实的名声。现在给初生婴儿称体重是常事，近来各家药房都安了一台带篮子的秤，用来称量婴儿。在我出生时这种做法还不常见，当时假如称过，分量一定不轻。母亲常说，每当她或女佣用小车推着我散步时，路上的情侣们都会瞧着我的脸蛋儿出神。姑娘们常常夸赞我，以长孺之间所用的那种极古怪的腔调讲些极古怪的话，然后半含笑容，看着身边的小伙子，似乎想说：

“看你能不能让我也得这么一个……”

小伙子会羞怯地低下头，彬彬有礼，规规矩矩。他大概在想："尽我们所能吧……"

想来有趣，我不费半点力气，只要生出来沿街散步，便可令同乡之人浮想联翩、举止合宜。如此有益而可叹的造化，是我成人后丝毫不曾得到过的。

我出生在新大街，又称进步路。这条路直得像桅杆，凄凉而漫长，从慈悲路起头，一直延伸到帕拉莫斯铁路。我们的家宅壁厚檐高，正面朝北，所以如果在冬天开着临街的窗户，家里会变得冰冷不已。不过，朝阳的房间都很亮堂，面向一个圈起来的小菜园。在菜园尽头，越过低矮的围墙，可以看到一大片畦垄分明、浇溉匀透、廓界了了的田地。那是乔娜玛的园圃，栽培精良，引人赞叹。我对整洁的事物一向怀有好感——尽管自己总是杂乱无章——或许正缘于幼时注目那片景致而生的欣悦之情。

关于襁褓里的时光，我什么也不记得了。听说，除了常见的儿科病以外（诸如猩红热、麻疹），我没得过别的病。一个包尿布的娃娃，一定是生活在醉人的甜美乡里。我的家庭生活，几乎可以确切无疑地说：无可挑剔。曾有人告诉我，假若可能，他会在出生前挑选我的父母。说心里话，假如真能挑选，我还会选择这对生养了我的夫妇。人们常向父母要求一系列他们难以给予的东西：品质、才华、金钱、地位、精明、勇敢。对于父母，唯一应当要求的是体格和健康。除此以外，一切都是无端与无常。

说到底，我觉得人生最大的幸福便是襁褓岁月。多么美妙！永长的睡眠、柔软的卧枕、精致的床褥、甘腻的汁液——叫人怎能啜得够！活在世上，只要肚子一饿，就见人人尽力为我化解饥肠。接连的宠爱之下，定会感到惊喜不置。诸位可曾想象？有句话说得真切：襁褓的庇护同人生流年两相对照，会令人自感暴露无依。面对失去的甜美和被夺走的幸福，人会因生活心生感伤。可是，对于那段平静如草木的惬意时光，我却没有任何清晰具体的印象……或许正因此，那段哺乳的岁月才显得更有魅力，犹如地上的乐土、失却的天堂。

与我家为邻的有位恩丽凯塔·拉蒙女士，一个浑圆短小的老姑娘，身上总裹着一件繁复的束腰胸褡，头发结顶，盘得极高。她面庞朱红，虽喜怒哀乐也始终不改颜色。恩丽凯塔女士与我家共有一眼井，她的菜园同我家的相通——其实并非菜园而是一小爿花圃，因为她的法眼容不下任何平庸之物。母亲常带我到井边去，恩丽凯塔女士便从井沿的另一边对我赞不绝口。她的眷慕之情如此溢于言表，以至于母亲常常不得不把我，像递一只易碎的包裹似的，从深不见底的水井上方送进她的臂弯里。感情的勃发一向杂乱无章，纵有一口水井横在当中，也很少能服从理智。恩女士、母亲和我都可能会掉进井里，而风险最大的无疑是我。当然，我那时全不知情。我曾经考虑，她们之所以这么做，是为了让我熟悉人生中应可留意的激情和风险。如今，我已经成年，每当想到那番场景，便会一身鸡皮疙瘩，并从中验证所谓“人之荒诞，不可方阈”。

我没法描述自我意识的觉醒过程，唯有一片昏冥，完全无从回忆。我第一个确切的印象是通过眼睛得来的：某个瞬间，只见父亲正在伏案阅报，白色的桌布反衬着他的身体，煤油灯的光线渗过一顶绿布罩，漫映在他的脸上。眼见父亲的皮肤泛着绿光，我十分惊奇，以至于按捺不住，发出一阵神经质的大笑。接下来的两段记忆和嗅觉有关：第一是栎树皮烧焦的味道，帕拉弗鲁杰的空气中总飘着这种气味，稍微发酸，鼻子较灵的外乡人如果闻见，会以为有场火灾刚被扑灭；第二是灯芯毯套装的气味，总让我觉得酸浊难闻，后来这股怪味又同身穿灯芯毯裤子的人迈步时的摩擦声联系起来。第四段记忆并不愉快，我梦见自己惴惴不安地走在钟楼的出檐上。我一向受不了临高的晕眩。我是平原上的动物，最多只能容忍地面略有起伏。也可以说，我是只趴着生活的动物。

后来，种种景象和回忆在我脑中纷纷混为一团。从这难斯理的缭乱中，清晰地浮现出我第一次的错愕：某一天在小便时，我发觉尿液有股菠菜味儿，而两小时前，我刚吃过一张菠菜鸡蛋饼。由此，我开始领悟"万事皆有因果"的道理。

我入学很早，只有三岁。在帕拉弗鲁杰的拉霍腊小区有一所由"圣母小兄弟会"开办的学校，我就在那儿上学。兄弟会成员着装非常古怪，这或许能解释我那时为什么会陡然对他们满心敬意。他们总穿一袭扎穗绦的教袍，上覆小坎肩（法国乡下人穿的那种半大的坎肩），头戴十分稀奇的教士小帽（因为本地的教士多戴圆檐帽），下穿黑色羊毛袜，外着平底鞋。尽管服装独特，学校却是极好的，纪律十分清严。有位布拉斯神甫，一位令我难忘的老师，曾经快速而扎实地教会了我一些基本知识。

另外，学校位置极佳，教室面南，屋宇赫亮，可见长空下宁谧的卡莱亚平原。校园宽阔朝阳，我在那儿度过了许多难忘的时光。一年中的各个时节都有不同的游戏：打陀螺、内裹彩线的玻璃珠、跳马、打球、扎棍子……校园的一个角落里有株可怜的石榴树，它不在乎落在身上的陀螺和伤痕，依然不怨不艾地年年开花。每当英芳满树，红色和绛紫的花朵吐着淡黄的花芯儿，那真是妙不可言……不知有多少时光，我傻傻地从书桌上张望那棵映在远空里的石榴树：北风刁刁，琉璃般的碧蓝衬着粉绿斑驳……

每逢周四，我们会去侯爵松林。那里很像一座大花园，其中松树成行峙立，井然有序。美景中比比皆是古厦，远处是埃尔梅达斯，中有条条通衢交错相格，参天的松木立于道旁。蕈菌馥郁、幽暗无光的松林中，浮游着一片催人欲睡、颤颤巍巍的光，令我如醉如狂。夜里，风入枝头发出低响，月光如止水，浮在染金的绿树上。

一九〇四年，我们搬到了父亲在太阳路上修建的住宅。那时我七岁，妹妹罗莎正学习爬行。搬家的时候，粉刷匠和裱糊匠还在。有个粉刷匠——一个留胡子的本地人——在梯子上一连待了几天，扭着脖子，微吐着舌头，在给一间小厅的天花板画几个肉墩墩的小天使。他一边用一只极细的画笔圆描出小天使的屁股，一边带着一种宛如隔世的沉静，在胡须之间哼唱："麻雀啊，要睡觉，还唧唧个没完没了。"到处是清新怡人的新家气味。在这栋房子里有我第一次读书的回忆：一个相当炎热的下午，我坐在楼梯上，读关于莫拉尔在国王的婚礼上引爆炸弹的报道①。那是我第一次主动的长时间连续阅读。

不知何时、不知怎样，也不知起因，我发现家里的饮食相当不错（虽然不好意思，却是平心之论），尽管情况在我年纪稍长以后有所改变……不管怎么说，那是个相当重大的发现。我第一次意识到，小康之家重视饮食犹如恪守规矩，如此才能使家人出门在外的时候感觉踏实、心怀遐想。

---

① 莫拉尔（1880—1906），无政府主义者，在西班牙国王阿万索十三世的婚礼上投掷炸弹。

三月十一日

今天我从新大街的家门前经过。那是我出生的地方，房屋的正面高大、冰冷、惨淡，布满斑驳的雨渍。那几面墙壁引人追思，然而对我却毫无意味，激不起点滴的温情。除了对屋后的庭院，我再没有任何确切的印象。与此相反，在太阳路的住宅里，没有一件事物不触动着我的回忆：童年、少年、许多几乎被时间磨灭的往事。

我小时候和现在一样怕羞。我待人接物时所犯的无数过错，都是为了顺从自己相当复杂却很不健全的性情。我兄弟柏拉那时候似乎和我一样容易害臊。

在我家的访客之中，有一位索莱·莫雷伊先生，是镇上的神甫。他与我们是老交情了，可追溯到埃斯岱瓦·卡萨达瓦伊先生的遗嘱的执行日。那天，神甫先生手持一只深灰布面的箱子，里面盛放着舅父向吉罗那教区捐献遗产的一份遗嘱副本。迎接仪式如同凯旋礼，极尽赞颂之词。索莱先生是个小老头，白里透红的脸，草秸色的细头发，短小的身材。他保养得很好，皮肤光滑得像塑料，身材浑圆，像只兔子。他有双活泼的眼睛，稍稍发红，缺乏威慑人心的宗教力量，配合着抑扬顿挫的腔调和含蓄庄重的手势，显得他极其和蔼。他举止轻柔，仿佛散发着甜味。他待人很“亲切”，我不得不用这个字眼。

写到这儿，我几乎得抱歉地说：“亲切”这个词通常的意义总是让我十分厌烦。我不知怎么才说得清楚，这个字眼似乎总是与无谓的造作、寡淡的诙谐、老套无聊的装腔作势联系在一起。可以说[①]，我一向鲁莽、孤僻、朴野，始终不愿理解生活中这类基本的食色之欲。若因此认为我跟同乡人比起来贫于感受，会很可笑。但要说我贪欢好乐，尤其是在我那些朋友看来，则会更加可笑。我即便在使用形容词时也从不恣意放纵[②]。再拿喝酒来说，与其一点一滴地品味，我更爱往薄壁的巨杯中倾满酒浆。

每当索莱神甫上街或者去镇郊散步时，堂长的狗总是走在他前面。它小而肥，短腿，白毛，眼睛上有块黑斑，短尾巴，呼吸很费力。我和弟弟一见那条狗露面就发慌，会赶紧找个路口，拔腿而逃……

索莱先生每次称赞别人，总少不了附带几句温和的忠告，还会赠送些小贴纸和蜜饯。街上的孩子们一瞧见他，就连忙围上去，争相向他吻手致意。他们在比试谁能抢先得到几颗南瓜籽儿，而索莱先生被逼得只想赶紧脱身……我每次遇见神甫都会手足无措，不知该说什么，也不知该

---

① 自此至段末疑为串文，而且尾句与前言矛盾。

② 本书作者对形容词极其重视，故出此言。后文也几次提到形容词对于写作的意义。

看哪儿……一天，我在家听见门铃响，便去答应：是索莱先生，正甜滋滋地笑着，两腿当中夹着那条狗。我的心一下子蹦出了嗓子眼儿，赶紧后撤一步，转过身，撒腿一直跑进花园，躲到了柴垛后面……

这些怪事都是无缘无故，凭空而起。不过，假如以为我对这位圣人缺乏尊敬，那可就大错而特错了。

当我们搬进太阳路的新家——这是我最久远的记忆之一，父亲的各位朋友纷纷前来探望，人人都对房子夸赞了一番。给我们看日常小病的彭斯医生来访那天，我陪着他把家里的边边角角都细查了个遍。最后，彭斯医生一本正经地道了贺，来到院门前告辞的时候，他用肘碰了碰父亲的胳膊，哈哈笑道："托奈特，是座好房子，在镇上数一数二，我向你道贺。你会结一桩好亲事！"

托奈特是亲密朋友对父亲的称呼，交情浅的人叫他托奈特先生。

在七岁的孩子眼中，一切都是谜，有些谜团还会纠缠不休。彭斯医生说"你会结一桩好亲事，我向你道贺"是什么意思？我花了很长时间也没查清它的含义。直到事隔多年，我已身处生活的万难，方才明白。

有多少那时候的回忆！以前的冬天又冷又长，似乎比现在冷。凛冽的北风有时能刮上七八天。严风过后，土地会变得疲惫而苍白，仿佛大病初愈。房间里铺着新瓷砖，好像冰窖，走在上面不啻于踩着冰。阳台上的冰凌滴着水，菜园里的卷心菜冻得发红。冷风吹得壁炉呜呜响，从炉口传出呛人的烟，熏得我们直咳嗽。如果一直下雨，我们就待在阁楼上玩弥撒游戏，或者挤扁了鼻子，把脸贴着窗玻璃看滴雨。还有雪，令人惊喜，悄无声息……

礼拜天，我们总是穿上光鲜笔挺的衣服去教堂，上午做祷告，下午去看日常典礼。带领我们的是母亲和尤伊莎姨妈。她是玛丽娅祖母的女儿，父亲的同胞姐妹，一位美丽的单身女士。她对本地的教事活动信息很灵通。每当对我们谈起宗教，她总怀着家传的虔诚说："我们的主啊，小可怜……"

她所指的当然是耶稣基督。在教堂主祭坛的画屏上端和窿顶之间，有幅永恒天父的肖像，虽是白胡子一大把，气色却极硬朗，有威风凛凛的眼神和铁一般的体格。如果把他叫作"小可怜"，既不恰当也不确切。姑妈是玛丽娅祖母的女儿，总爱待在教堂里，会用布块和花朵把祭坛装点得别具一格。我们很爱听她说话。她的悲悯之心温柔而甜蜜，好像抹了糖。

在通常的礼拜天，人们会在教堂里念玫瑰经。对着法烛泛黄的光，经文能令人酣然睡去。可是，若有重大节日临近，教堂可能会做一连三天或者九天的祈祷，于是会有一位外地的宣道士亮相。那时，祭坛被照得光明煊赫，烛光和穹顶上的四座大吊灯照映着金碧辉煌的盛饰画屏，宛如一场令人心颤的奇迹。这场面虽然很盛大，可还不如肃穆节：各种木制的圣器上黏附着光线，形象和轮廓因而变得朦胧，然后现出一轮巨盘，浓稠而明亮的金液在其中涌动，似乎许多发光的蚂蚁在爬。布道通常用西班牙语，发言的虽然多是本省人，听起来反倒更有西班牙味儿。这些讲道者夸夸其谈，爱比手画脚、虚张声势，还常常随心所欲，恣意妄为。当时有种深受推崇的风尚，讲求尽量把话讲得诘聱、繁冗、晦涩。至少在这些人自己看来，这的确就是优雅。迎着光亮，可见他们汗水淋漓，面红耳赤，如痴如醉。起初，听众会一阵错愕，随后便如醍醐灌顶。当讲道者走下神坛，大家会面面相觑，埋怨他讲得太短，竟如此吝于言辞。

七月二十日的玛尔伽力妲圣日是镇上最大的节日。节日过后我们一家会前往卡莱亚，到海边住上一个月。我母亲继承了卡萨德瓦伊先生同贝娅特柳夫人在卡纳岱依建造的小屋。那一个月很美妙，快得像是一瞬间：钓鱼，游泳，划船，在礁石间跳来跳去。我们有一艘在帕拉莫斯登记的小艇，名叫“卡门圣母”。家人尤其喜爱划船，一连几个钟头也不嫌累。我们会被晒掉一层皮，变得浑身焦褐，黑里透红，因而显得眼睛极小，几乎看不出来。

圣罗莎日过后第二天（八月三十日），我们驾车载着几张床垫回到帕拉弗鲁杰。习惯了自由的空气和无忧无虑的懒散生活，我们会觉得镇上很挤，道路幽闭而压抑。穿鞋成了问题，衣服似乎紧巴巴的，衬衫领口的纽扣变得难系。一切都显得狭窄。九月中旬，落下第一场细雨，给乡间换上一副柔谧的秋色。空气清爽，土地不再干涩，夏季炽红的天空化作嫩蓝。秋雨过后，衣服上的纽扣开始按部就班，各入其位。

九月，我们常到普拉田庄去住些日子。佼玛和弗朗希丝卡两名佣工会在门口等候我们。佼玛，一个清癯的老人，高个子，招风耳，淳朴而极风趣。他带着我们去采无花果和葡萄吃，再不就去柏树林散步。他常在树下给我们念一本加泰罗尼亚语版的《伊索寓言》。书里带黄杨木版画，做得粗糙不平。对佼玛来说，这些动物故事饶有趣味，而箇中教益则是值得遵循的处世之道。

有时，佼玛会拿起他的刺柏木手杖，提议我们去蒙特拉斯看朋友。那儿有两个与他同龄的人，马尔蒂·马西亚斯和鞠安·孔班斯，都是有名的树皮收割匠[①]，很爱美酒和纸牌。马西亚斯是个干瘪的小老头儿，嘬着腮，几乎掉光了牙齿，常吸一支竹木嘴儿的烟斗。他瘦得像只鼬鼠，细嗓门儿，爱讲些暧昧不清、模棱两可的故事。鞠安·孔班斯身材魁梧，一脸麻疹，几撇胡子，头发剃得精光，露着粉红色的头皮。他嗓音深洪，笑起来带着稚气。他对马西亚斯很敬重，或许在不自觉间为马西亚斯的谈笑作帮衬。这三个人一聚头，就混在一起不分你我。他们大喝红酒、雷索利和茴芹酒，每人一颗核桃、一把榛子、三五颗杏仁，外加一片面包给肚子垫底，活像三个太古遗民。

我们趁傍晚返回庄园，在庄门前围成圈儿给玉米脱粒。

---

① 收割西班牙栓木栎的树皮，用以制作瓶塞。

佼玛没完没了地讲他那些窃贼的典故和第二次卡洛斯战争中发生的真事。在我们围成的圆圈上方点着一盏油灯，在墙壁和屋顶上映出奇形怪状的黑影。灯光微小而安详，悠悠然催人欲睡，以至于灯火还没完全熄灭，我们便已睡意沉沉。

该上床了，我们照着烛光登上楼梯，心中禁不住害怕。屋子幽深，到处是还不曾见惯的奇怪农具。明暗参半之间，我们眼前显现出许多可怖的黑影。随着一声声钥匙和金属的声响，各处房门都已锁闭。来到二楼，我们斜乜着眼睛，细细检查各个角落、衣柜、物橱和床下，表面假装不害怕，其实吓得要命。等到人进被窝，烛火熄灭，眼中惟剩一团漆黑，恐惧方才散去，而睡意又将我们征服。

三月十四日

如今放眼加泰罗尼亚，终于可以感到欣然：天下大同，万众归一。无论昨天、今天还是明天，谁都逃不过流感。

自四五年前开始，我每天都读切纽斯[①]的《语释》。近来，人们对于阿乌杰尼·多尔斯的专栏似乎已丝毫没有了先前的柔情。我个人觉得《语释》十分做作，有时过于“燕语莺声”。我有种难改的脾气，信不过那些过分文气的东西。

我有时会思索，食色——就是一般所谓“食色性也”——是不是一种最强大的行为推动力。可惜，我感受不到。我既没有大战风车巨人的痴狂，也没有做此想象的好奇心。任逝水如斯，我自岸边独坐。最近这些天，我大读特读巴罗哈的小说，结果心中原来少有的行动种子也被销毁净尽。巴罗哈是一种十分有效的禁欲剂。他是个有灵性的人，却没有许多性灵之人所常常飘洒出的那种富于遐

① 切纽斯（1881—1954），加泰罗尼亚作家，19 世纪初当地文化运动的倡导者，笔名切纽斯。后文多有提及。

想的魅力。就此而言，读他的书对我贻害匪浅。年轻人或许不该读这些愤懑多疑的书，至少应当间或看些娱乐或者色情刊物。

三月十六日

巴拉盖尔先生是市法院的书记员，常跟我父亲一起喝咖啡。这位先生非常和蔼，每次遇到我都会说："来法院吧！你可以做专业的实习，读读文案，见识些你可能感兴趣的东西……"

"您那儿开门很早……"我这么答道。

"十点半……挺合适的时间。"

今天十点半，我去了法院，法院设在市政府大楼一角。从街面走上五六个台阶，来到一处大房间，屋顶极高，有扇窗户采光，窗边是座极气闷的天井。两三张桌子，随处放着几把椅子，几个挂衣架，在最里面的墙壁上挂着耶稣十字架和一幅国王的肖像。有一道单扇的小矮门，是通向法官大人办公室的。我先前来过几次，所以认得那里：非常狭小，有一排档案架和一只火炉，火炉的烟囱伸到临街的窗户外面。

门口点着两个电灯泡，光线有些飘忽。从气闷的天井中照进昏惨的微明，把灯光衬得虚白。空气中飘荡着已冷却的烟草的酸臭和文案纸散发的恶心的秽气。

我在门口站了站。巴拉盖尔先生坐的桌子在最里面，桌上满是档案和书籍，还有几本《马德里通报》。名副其实的卷宗浩繁。他身后的衣架上挂着一幅斗篷、一件小坎肩和一顶硬礼帽，那是正式秘书瓜迪奥拉先生的——我刚在街上见他穿着这身。办公室里悄无声息，是职员还没完全睡醒时的那种寂静。能听到巴拉盖尔先生的笔尖摩擦纸张的声音。他有一手端庄华丽的好字。

我又迈进了一步。门扇后面坐着一个守卫，头戴帽子，正拈着一块夹炸鱼的面包大嚼，嘴和胡须上都沾染了油腻。他两眼盯着鲷鱼，吃得忘乎所以。

巴拉盖尔先生总算瞧见我了。他站起身，向我走来，再陪我走到房间尽头、瓜迪奥拉先生的桌前。瓜迪奥拉先生站起来，把嘴巴摆得像鸡屁股，极客气地把我大大夸奖了一番，又把胳膊一弯，做了个很有风度的手势，在我脸上轻轻一摸。

“噢，亲爱的……！”他客气得不得了，“欢迎到咱这儿来……巴拉盖尔，请您自便。我们稍候再谈……现在我有点儿工作。抱歉，普拉朋友，您就把这儿当自己家。”

瓜迪奥拉先生用两根手指轻拈着一沓纸，迈着小娘们儿的碎步，穿过办公室，关上了法官先生的门。

这时，巴拉盖尔先生让我坐在他的桌子对面，递给我一叠盖过章的文件和一支钢笔，让我从一本厚厚的《民法》中抄写一段死亡证明。我热火朝天地写了起来。

划拉了十分钟，工作成了机械运动。我一边写，一边想起瓜迪奥拉先生。古怪的家伙！他五十出头，高个子，浑身肉，粉脸皮，蓝眼珠。他头发很少，涂着发胶，整个窝在头顶，看似一顶单薄的假发。他全身透着一股绵软，好像没有筋骨。他是个顽固的单身汉，和一个美丽端庄、时刻与他相伴的亲姊妹同住。他的工作就是长期到各个刻薄的司法衙门去朝拜……他的形象、步态、言谈、衣着和手势都令人对他的性别生疑。许多人拿他取笑，由此大可设想他生活的艰辛。他的衣着有不可混淆的三大要素：经久磨光的硬礼帽、带粉红螺钿纽扣的白外套、红绒里布的小坎肩。他走路身姿婉转，浪态可掬，有时令人想起那些演唱淫词荡曲、凌乱可笑的老妪。

这时，帕基纳走了进来。他是教堂的敲钟员和堂长的打杂，长得干瘦矮小、弓腰驼背，走路时歪斜着身子，嘴里叼根雪茄。他走到巴拉盖尔先生桌前，连帽子也不摘就问道："那蠢货弄好了没有？"声音尖得让人起鸡皮疙瘩。

"你叫谁蠢货？"巴拉盖尔先生答道，几乎收敛不住脸上的怒色。

"我说瓜迪奥拉。他五天前就答应过的出生证明，到现在还没办好。助理神甫等着要呢。"

"您说话能检点些吗？"巴拉盖尔先生愤然道，"注意您的用辞……"

二人正说着，法官办公室的门开了。两人声音很大，瓜迪奥拉先生可能全听到了。他从门扇后面探出半个身子，满脸堆笑，亲热地说道："帕基纳，请下午再来，六点半钟，保管让你拿走。请代我向神甫先生问好……”

“好吧！”帕基纳沉着脸，干巴巴地答道。

门又关上了。敲钟员咬了一下雪茄，从桌前走开了。巴拉盖尔先生默不作声，委屈似地看了我一眼，又无谓地耸耸肩膀，仍旧接着工作。守卫刚才已经吃完了早餐，向正走出街门的帕基纳热情地问了好，然后重新回到角落的座椅上。他吸着一支黑鱼似的雪茄，惬意地从鼻孔里喷烟吐雾。

趁着工作的间隙，我点上一支香烟，定睛将办公室打量了一遍。阴天了，照进天窗的光线更显得飘忽与昏暗。在和守卫相对、房间最阴沉的一角，有个稍稍吊歪了的架子，摆着许多纸张书册。架子旁边有个人，戴着手铐，坐在椅子上，纹丝不动。我有点儿惊讶：那是个老头子，穿着羊毛衣，光着脑袋，蓬头乱发。看他身上的污垢，像个烧炭工。他安安静静，兀自出神，睡着了似地人事不知。

“巴拉盖尔先生，那人是谁？”我极力压低嗓音问道。

“今天早上警察带过来的，是个砍柴的，我头一次见到他。”

“他干了什么？”

“好像是偷了工友两块钱……”

“你们想怎么办？”

“等法官先生发落。”

“法官先生出去了？”

“他捎信来说中午在卡莱亚吃饭。我觉得他下午会来。”

“但是午饭的时候怎么处理这个人?”

“能怎么办?得把他锁在楼下,没别的办法。”

差一刻两点,瓜迪奥拉先生打开法官办公室的小门,走向挂衣架,穿戴好礼帽和坎肩,说声“各位午安!”,便朝街门走去。从我桌前经过时,他仔细地瞅了瞅手指甲。在他身后能够闻到一股哈喇了的香甜味儿。

没过一会儿,巴拉盖尔先生打开写字台的抽屉,取出一把硕大的钥匙,招呼门卫说道:“把这人带下去……”

“不用给他什么吃的吗?”

“您去问问他吧,看他说什么……法官先生应该下午到。这以前我们什么也做不了。”

“好的,先生。”

我穿戴上大衣和帽子,巴拉盖尔先生也一样。我们都不说话,一步接一步地走去吃午饭。

三月十九日

读完了约瑟·卡耐尔[①]的《金雀之星》。

无论诗歌还是散文，卡耐尔（或许）都是当代最有天赋的修辞家之一。他对语言及其奥秘了如指掌，着实令人羡慕。但这类精湛的技艺总有一个危险：流于堆砌，变成文字游戏。就形式而言，卡耐尔大体上总是饶有意趣。他虽是巴塞罗那人，却从不庸俗。巴塞罗那作家情调低俗是显而易见的，有时从各种花边社会新闻就看得出，可同地方作家粗鲁迂板的乡土风格两相对照。

在约瑟·卡耐尔的作品中，词句的高妙有时和心灵深处的本真并不搭配，好比搬起山来砸老鼠。卡耐尔给人的感觉是，他为自己的精神生活设置了一些限制，可能出于性情细腻，或者羞涩，又或是怕在人前出丑。

---

① 约瑟·卡耐尔（1884—1970），加泰罗尼亚诗人。

三月二十一日

本地有个有趣的习惯：两人街头相遇，迎面时几乎无话可说。等到彼此话别，已经走出六七步远，其中一个便会想起一连串的要紧事，得说给适才告辞的人。于是，他明显吊高嗓门，挥舞手臂叫嚷起来。对方自然要回应，便也同样起劲儿地挥手高呼。与此同时，两人越走越远，双方的言语随之混为一团。最后，实在远得听不见了，其中一方就会竭力喊道：

“好啦，再说吧……”

“行，再说再说……”

下回遇见，两人还是无话可说。

母亲订了一份《穷人的面包》。这是一份在毕尔堡出版的半月一期的慈善刊物，它号召人们竭尽心力地广做善事，而且不忘许下一些在家里不声不响就可轻易实现的奇迹。他们所实现过的奇迹之一是让落后的高中生通过了科目考试。

“我觉得吧，”我笑着说，“直接做善事比订一份劝人行善的杂志更有益……”

母亲大为惊诧，睁圆了眼睛，盯着我呆了半晌。

三月二十四日

作为读者，格利是个特例。若说他喜欢舞刀弄剑的高尚文学，或许言过其实，但他所钟爱的确实是纤巧细致、情意缠绵、跌宕起伏的故事。其中的人物除非卷烟在手，否则难任一物。总而言之，全是那种能映出几分月色的书。

格利说卢梭的《忏悔录》是垃圾，却对《爱洛伊斯》以前的作品——且不论《独步者之梦》[①]——评价极高。一切如今看来寡淡乏味、夸大其词，尤其是讲述子虚之乡、乌有之恋的文学都能令他心满意足。令我惊奇的是，这么个高大肥硕的男人——格利又高又胖，每餐喝一升十六度的红酒，满腹鲜鱼嫩兔和鹌鹑——竟会喜欢那些缥缈朦胧的小画片。

他今天在办公室里告诉我，要是有谁出了差错、走了歪路，那就是我。

他说："文学，应当理想、纤细、非凡、别致，应当出自这里——"说着，将一只手放到心窝。

---

① 又译作《一个孤独漫步者的遐想》或《一个孤独散步者的梦》。

“为什么文学得是这样？”我问。

“因为文学就是为了打发闲暇。只有在无事可做、无事可想的时候，一个人才会有读书消遣的念头。人生在世可不是为了读书，不要自欺欺人……人生唯一的问题是生存，也就是说，挣钱和花钱。我们把百分之九十八的清醒时间都用在这上面。可能我没说到点子上：文学永远是礼拜天下午的玩意儿，一星期就这个时候——我这话倒退几年比现在更实际，因为现在有了电影——人才有工夫想从终日的执迷中解脱。生活既是如此，怎么还能让大家喜欢你们那些生硬、枯索、现实的文学呢？人们已经对现实感到腻味和厌倦，又怎么会被你们的想法打动呢？你们的文学是多余的，又平淡又俗气，实在得叫人咽不下去……”

“我懂了……”

“你要是不懂，那可就惨了……！”他带着胜利的热情说道，一阵响亮的大笑弥漫在小办公室里。接着，他又说道：“总之，你们每天都爱读文学，所以把自己的职业看得太重，结果弄得如今所有的文学都一股穷酸气。我认为，你们最好记得，不久以前，你们这行想要登堂入室，还得走备用楼梯呢。我跟你们相反，我喜欢优美、别致、搜集奇情异史的文学。我是说，在礼拜天下午看的，好看的……”

然后我们谈到他上次去巴塞罗那。他每次为了生意进省城，从不错过那些时下最棒的演出。想起最近看过的几场戏，他愤愤不平，提高了嗓门发脾气：

“受不了……竟然让人花钱去看真人真事儿，那些天天发生、推开窗户就能瞧见的东西……”他说，“我已经画过十字起誓，再也不上戏院了……”

三月二十五日

世上各类商店中，钟表店似乎应当是最为整洁、有序、令人愉快的。恰恰相反。

你一进去，却见不到任何两只钟表能够运行一致。有的安安稳稳、走走停停。有的好像着了魔，心急火燎地要赶在所有时钟的前面。盖不住的嘀嗒声、紊乱的节奏、不均匀的指针乱跳，形成一种声响，仿佛七嘴八舌，惹人烦躁。精神过度紧张的人不适于到钟表店里去，会很不自在。相反，我能够想象，若有一家钟表店，店内的时钟全部停摆甚至倒转，那该有多么美妙。因为没有什么能比一只睡着不走的时钟更让人心安的了。

幸好，坦诚与否从外表根本看不出来。有人标榜自己的坦诚，还有人有意无意地要我说出心里话——或如成语所言——披肝沥胆，我就会觉得这是最幼稚、粗鲁而可笑的虚伪。虚伪的一个好处就是一旦过分就会露馅儿。

一大早，我再次试着读拜尔达盖[①]的书《阿特兰迪达》

---

① 拜尔达盖（1845—1902），加泰罗尼亚作家。

或者《伽尼格》之中的诗歌我到现在连一首也没读完，说起来简直惭愧……我咬牙又努力了一次。读不下去。所有这些巨大的谱系、出格的故事，引不起我丝毫的兴趣。我明白，文学之中必得有这类大块文章，就像富丽的宫殿里挂着只为装饰的壁毯、安着从不生火的巨型壁炉。我知道自己的悟性尚不完善，却再也无能为力。空洞的内容、连篇的废话、慷慨洪亮的韵文，虽然辞藻堂皇，却完全脱离真正的生活，彻底打消了我的专心和好奇。

我曾听人感叹："神话，拜尔达盖的神话诗！"

希望有人告诉我：这片由农民、白丁、工匠和商贩居住的土地同神话有什么关系？拜尔达盖要通过神话将我们同一种实为舶来品的文学扯上关系，其用意何在？

人们现在不愿，但迟早得理解：在现实面前，当今作家的立场、志趣和热情已迥然相异于以往任何社会、时代和环境中的任何文学教条。曾经属于特例的现实主义，如今已成了准则。

四月二日

“我一直是个穷人，”鞠安·B.克罗米纳在咖啡馆里说道，“所以我这辈子大多时候都在听别人讲话……”

“你说这话，倒像在显摆自己穷！”戈利说道，明显是要发作。

“当然。我说话不是为了浪费时间……”

“要时间，我可以送给你……你觉得有理由认为贫穷有趣吗？如果你说是，我就要叫你可怜的糊涂虫……！”格利动了怒，在桌上擂了一拳，两眼发红，脸孔由于酒劲明显走了样。

接着，他付了酒饭钱，晚安也没说就离开了。我们桌上这些人都很吃惊。科洛米纳脸白得跟面墙似的。

“科洛米纳有道理！”恩里克·弗里格拉带着他平常的冷怯说道。弗里格拉在美国待过，有一笔产业，现在镇上的学校里任语言教师。他补充道：“当然，贫穷没什么好处。没错，穷人就得听别人说话。听是穷人的一项策略。我不是说对什么人都听，得听那些有利可图的。对，应当听得认真，至少看上去认真。要让说话人觉得你在积极应和。可以心不在焉，但必须装作全神贯注。这相当容易：保持双目有神，目光要既柔和又利落，同时还要随着发言人的语句点头称是，不时插上一句‘请您把刚才的话重复一遍好吗？请把刚才提到的概念再说明一下好吗？’男人都喜欢受人倾听。这是最大的乐事，胜过金钱、女人和佳肴美酒。一个男人如果有听众，就会洋洋得意、喜乐开怀。他一旦自以为有人侧耳，就会变得软弱。此时就是唯一的可乘之机，可从中捞到点滴的慷慨。穷人靠的就是这些机会。要是不懂得创造机会、从中取利，就难办了……人与人、男与女之间的依附关系是出自天成的，它的基础就在于一方靠逢迎让另一方五体通泰。最有效、含蓄而且无往不利的奉承法是自然、积极、谨慎地倾听。为了做到自然而然，法门之一就是不能愚蠢地自表才学。如果确实有知识，应该露得恰到好处，也不要落入另一极端，显得自己过分愚蠢。”

弗里格拉说得很快，手有些颤抖，却没有丝毫动作。他似乎羞于言谈，脸色绯红，挂着一丝冷冷的嘲笑。

“要知道，”他接下去说，“听的艺术非常费神，还是自个儿挣钱划算，免了这番周折。在我看来，真正的独立是不必听别人讲话。体格剽悍的人往往谁也不听。他们出人意表，行事鲁莽，不瞻前顾后，靠的是本能和自己胡乱的盘算，对其他人一概不理。《旧约》里那些孔武有力的壮士做事都没有一点儿预见，不用畏首畏尾，只受自己横暴的性情驱动。人类很多所谓重大的举动都包含着无意识和疯狂，例子多得惊人……”

桌前一片寂静，长久无人作声，被其他桌的喧噪裹在当中。弗里格拉望着咖啡馆的屋顶，皱起前额和眉头，似乎在做一番痛苦的努力。他吸了两三口已经熄灭的香烟，忽然烦躁地说道：“刚才要说什么，我想不起来了……”

大家一阵轻松，如释重负。

四月六日

我觉得玛丽埃塔祖母秉持着有一些坚定明确的信条，其中最为深入持久的一则是：人不能片刻偷闲，应该时时有事可做。她每天下午都走去田庄——总穿着一身黑，扎着头巾，挎只小篮子。她身量很小，蓝眼睛，粉脸蛋儿。到了庄上，她能接连忙活两三个钟头：进出菜园，上楼下楼，织个口袋，薅片杂草，打扫打扫，蚂蚁似地啃上一颗核桃或杏仁。她说话时断时续，总是一个腔调，心平气和，从不高声，无论谈到什么都很有兴致，然而看上去却不为所动。等到太阳落山，她挎着满满一篮东西回到镇上：一颗嫩卷心菜、两个土豆、四个洋葱、一支胡萝卜和一把西芹。

尤伊莎姨妈谈论宗教时（这是她的强项）总会提起她所谓的“小东西”。“宗教里有些小东西！……”说话时神采奕奕，笑靥轻展。

四月十二日

读维克多·伽达拉[①]的时候，我多次问自己，农民之间是否真会有作家所设想和安排的悲欢离合。世上的确有一出大戏——钱，但我认为这个问题并非农村特有，而是遍及天下。我不知道在山区是否会有这么多悲喜，平原地带应当没有。我不了解山区。维克多·伽达拉知道得当然更多。她对许多山都很了解，包括蒙特哥利。或许经过刻意安排，这座山在她笔下变成了一座梅特林克式的舞台[②]。

这位作家之所以让读者印象深刻，原因大概是，如果将场景、风土、自然描述以及文艺和娱乐的社会心理学因素从她的作品中一一剔除，她会变成一个挺不错的侦探小说家。

① 维克多·伽达拉（1869—1966），加泰罗尼亚女作家，原名卡特琳娜·阿尔波特。

② 梅特林克（1862—1949），比利时作家。

四月二十一日

我听从父亲的建议，来到阁楼学习。尽管课本照旧啃不透，游荡中却另有所得。我在一个抽屉柜里找到了许多文卷，都与母亲的家族有关，具体是关于埃斯岱瓦·卡萨达瓦伊的。似乎在这位先生未赴古巴以前，他的几个叔伯已经先到了那边，不过都所获寥寥。我说“寥寥”，是因为其中没有一个人回乡来充当“美国佬”。只有一人偶尔一次游归故里，因陶醉于奇美的帕拉莫斯海湾而写下了几份笔记。

一个严肃并且心系大事的人，动笔之初只有一个愿望：从身边最近的人们那里采撷足以令读者注意和倾动的重大事件，如此文章问世后才会引发反响，使作者获得重视。我曾寻遍家族的边边角角，将家谱颠来倒去，也曾询访过最年长的老人，可是都所获甚少。我的家族显然是一片灰，没有哪位先人想做英雄或者出人头地。就算我为缺少祖宗的余荫感到沮丧，也完全在情理之中。此时此刻，哪怕找出一顶红帽或者一条绣裤①，我也会志得意满，并可在日后

① 身份的象征，犹如“黄袍马褂”。

借此获得批评家们的垂青。

“灰色笔记”，这就是我为这本书想到的题目，其主旨就是说它不值一提。

那天，我翻弄着纸张，找到了一叠旧报纸：《比司巴尔回声报》。里面有篇大概无人留意过的游记，是我的一位表舅爷写的。这位舅爷个性十分特别，滑稽逗趣儿，跟好些个不寻常的女人生过好些个儿女。他移居美国，在那儿经营一笔很大的卤肉买卖，最后又疯又穷地死在汉堡自由镇[①]的一所医院里。这位可敬的前辈曾在一八八〇年前后游历本地，写下了这篇文章，描写的是他在一八五五年离乡时的帕拉莫斯城。这篇文章风格平实质朴，迥然不同于当时迂腐造作、犹如自渎一般的描写。我多次向自己提问：“这位舅爷并非文人，大概一时鬼使神差，才留下了这几行字。可他在初次也是仅有一次面对纸笔的时候，为什么要写使自己惊奇的帕拉莫斯，而不写故乡帕拉弗鲁杰的卡莱亚呢？”为这个问题寻求答案并没让我这做外孙的操闲心，反而拓展了我对家族的认识。了解家世总是有用的，虽然并不总是愉快的。

我这位玩世不恭的亲戚在旅行时由于长期缺钱而中途搁浅。他的钱包大概得了难治的恶性贫血。在帕拉莫斯，他趁日常的缴费单还没送到，溜之大吉。可是，不出几年，债主们又得到了他的消息。为了想起他，大部分人还花了

① 此为美国小镇。

一番力气。记忆力这东西极善见风使舵、随机应变。如歌德所言，兴趣在哪儿，记忆力就在哪儿。对于收不回的烂账，就算时隔甚短，记性也早已飞到了九霄云外。当时，众人收到了一叠纸，发自智利，比普通扑克厚一些。他们最先看到的是一张支票，数额与债款相当，而且可以立即兑现。这让他们脸上放光，心中一喜。虽然安布尔丹被马腊伽伊[①]先生比作风的宫殿，但宫殿里的居民却非常喜爱收钱。接下来是一张名片，在我舅爷的姓名上方有个三角，里面框着一只眼睛，瞪得人心慌，一条铅垂线从眼中竖直穿过，此处写有一句话：花钱自得福……我觉得这话说得很妙，很带几分侨民气度和香蕉味儿[②]，值得刻在一件白西装的铭牌上。最后，他们看到一篇长长的手稿，写在毛边纸上，一手圆体字，虽然气血不足却又过分做作。

在这些幸运的债主当中，有一位认为该为此感恩。他与城里初兴的新闻业有些关系，就将这篇浸透着伤感的手稿刊登在那份比司巴尔的报纸上。我觉得，能够清偿夙债很能体现一个人的品性，而且还债时还随票据附上一篇文章，用来怀念和称赞债主所在的城镇，这很不寻常。对我来说，这一细腻的表示意味着："朋友们，旧话休提！人人否泰顺逆。过去的就让它过去……"

下面就是我所说的手稿，写得不错，十分客观。这是

① 马腊伽伊（1860—1911），加泰罗尼亚诗人。本文后半句的转折颇费解，可能是说风无影无形、了无牵挂，而当地居民却俗气未脱。

② 大概是美洲种植园多有香蕉之故。

唯一一篇出自先人之手的文章，是我找到的唯一一件较为精致的东西，所以更显得珍贵。文章说：

> 1855 年的帕拉莫斯是一座充满魅力的城镇。如今它已开始失去风采，即将兴建的工厂和港口会渐渐地抹杀一切。
>
> 当年，城里尽是矿工、水手、作坊、店铺，既富庶又清洁，好像一座热那亚海滨的小城。面朝内陆，芳草留香，转向大海，鱼虾扑鼻。那时，有两三支探险队从帕拉莫斯前往阿索莱斯和卡沃贝尔蒂打捞珊瑚。这桩生意当时养活了许多人，现在却落入了希腊潜水员的手里。他们驾着散架的三桅船时而在海上打劫，时而游手好闲。
>
> 我一直都觉得帕拉莫斯所临的海湾十分雅致。有些朋友曾经为此与我争辩，而我始终任其评说。当时城镇挤在一片致密的礁石上，占地很少。有几条坡路通向大海。从沙滩看去，可见千百扇壁窗和天窗，大大小小，仿佛许多筑在白墙上的鸟巢。
>
> 镇前有一片延至大海的岩滩，临海处是一道防波堤，久受潮水侵蚀和推挤，表面变得剥剥落落。海堤旁总泊着一艘抛锚的双桅帆船，尽头处高高竖着一根木杆，顶端有道铁环，拴着一盏矿灯。这盏灯每到晚上就会点亮，发出一点微弱的红光，仿佛被一层蛛网裹着。冬夜里，灯光随风摇动，有时会骤然一闪，针

尖儿似的扎眼。

岩滩上有五六家外观凄惨、久经油烟熏染的酒馆，贩卖“蒙人杏仁汁”[1]和不兑水的啤酒。这些酒馆尽管看上去破败，坐在里面却很舒服。其中一家漆着黑白两色，店里应有尽有。我尤其喜欢它红色天花板上吊着的一只小帆船。这片街道上最显要的人物是罗莎，一个高大方正、脸色白如死尸、拿啤酒当水喝的女人。罗莎总在港口偷鸡摸狗，常躲在货桶后面抽上半支雪茄，跟船员们勾勾搭搭。她穿一条带红杠儿的长筒袜，会唱几首时兴的歌儿。不过她因为总是口渴，所以从来也不唱。没人见罗莎喝醉过。帕拉莫斯那个总穿一身破斗篷、传言会召鬼的公证员说，这女人的肝大概能溶于酒精。

镇上的街道非常窄，由海边的卵石铺成。民宅都很宽敞，带露台，但有些暗。夏天的傍晚，人们会到露台乘凉。能见到身穿浅衣的姑娘，能听见孩子们的喧嚷。在那时光凝固的一刻，最别有趣味的是看一位马尔凯思先生放飞鸽子。他将鸽笼搁在钟楼顶上，是小镇的制高点。有时，几只海鸥或者一只晚归的燕子会混入马尔凯思先生三角形的鸽群中。常有某只海鸥脱离鸟群，顺势落下，在港口平寂的水面上滑翔。

在那一刻，帕拉莫斯具有一种世外桃源的气氛、

---

① 一种茴香酒，掺水变白后如同杏仁汁，故称“蒙人”。

一种纷繁难表的情致。傍晚，我总想与那目光似火的药店姑娘推心置腹，再不，还有那海关检查员的女儿。夜里，能听到大海安闲而微含倦意的涌没。当风平水静，还能听到帆船锚绳的咿呀。月光下，帕拉莫斯宛如悬于海上，好似一幅蜃景。

我下午常去海边的广场。临海而立的城墙状如一圈牙龈，广场便是牙龈上的一个缺口，从中可以眺望海湾全景。我在这里度过许多平静而出神的时刻。西望天边，云雾缭绕中可见醋色的托萨海岬。海湾以内是阿卢滩，仿佛一抹番红，涂在苍郁的松林、泡沫喷涌的礁石和古老的瓦伦蒂娜信号塔之间。其后，陆地沉入一座长满松树的谷地，向帕拉莫斯北边延伸。在松林和近海的数座房屋之间，有几片种着豆子的菜园、一株无花果树，枝头上栖着一只俏黄鹂。

我常常望着熙攘的小码头出神。岩滩上总扣着一只小船。船匠们敲敲打打，抬着冒浓烟的沥青桶来来往往。卸货工、手推车、马匹和缉私员也常引我看得入迷。凡有双桅大帆船或者轻帆船进出港口，都是一桩大事。广场上会聚起一堆人，你一言我一语，议论司舵的好坏。当时我很年轻，这所有风帆、缆绳和旗帜似乎组成了一个复杂的奇迹。

漂泊人世，我曾多次回忆起帕拉莫斯和它安详平静的生活。我时常独自为黯淡的前景感到绝望，于是就会咬着自己的拳头，想到这里的人们。他们工作似乎是为了肚饿，肚饿是为了吃饭，吃饭是为了惬意地同妻子做爱，做爱是为了清爽五脏六腑。我咬过了拳头，发觉自己的愚蠢、轻信和无知，然而光阴不再，我已不可救药，无法挽回。

我这位舅爷的文章到此结束。这是我从平凡的灰色家谱中找出的最有分量的东西。

四月二十四日

赫赫有名的特里卡——我的朋友阳萨人特里卡——曾是安布尔丹最活跃的共产主义先驱之一，可如今已不可同日而语。

一九〇九年革命以后，费雷尔·瓜尔迪亚[①]的一个兄弟来到阳萨定居。他为人安详，留着一大把白胡子，是个乡野隐士。他精通栽培和园艺，种出的玫瑰美妙绝伦。他在本地结交了许多朋友。他深信人人皆有慷慨仁义，主张一种与世无争的无政府主义，与安布尔丹人孤僻独立的品性尤为相得。他种植蔬菜、橄榄和葡萄，喜爱天底下片片荒瘠的土地。我以前常去拜望他，听他讲话以至于入迷。他为人谨慎，总是尽量不弄出任何声响，他的学徒们后来也人人如此。可是，这不等于说他的结交之中没有混进鲁莽喧噪之辈——特里卡便是其中一个，他年轻时向所有愿意侧耳的人呼吁："应当处处平均，处处平均……"

凑巧，他的妻后来继承了一栋小房、一块葡萄田和一

---

① 费雷尔·瓜尔迪亚（1859—1909），加泰罗尼亚文学教育家。

小片菜园。镇上的人便对他说:“特里卡,应该处处平均,处处平均……”

从此,可怜的特里卡在下半辈子动辄就要面红耳赤、怒气冲冲地还嘴道:“狗屁!处处平均……狗屁!”

这显然只是一时蒙混的应承之计。日子一长,人们就会厌烦,并且想方设法回避话题。住在一座镇上,与其朝三暮四,不如头脑空空,否则连朋友也不会原谅你。

蒙田的《散文集》让我百读不厌。我夜里常躺在床上,连读几个小时。这本书写得恬适轻盈,读后令我气舒神泰。我发现,蒙田的作品情趣绵绵,千承百合,每有令人惊诧之处。究其原因,我认为,他有一种十分明晰的思想:天地之间,人何足道。

四月二十六日

最近我读了桑迪亚格·鲁斯枭[①]的《灰镇》，一直想写篇短评。

这本书原可以写得准确、出色、完美，可是未能实现。书中每一章所表现的思想、现实、主题以及给人的印象，都细致具体得无以复加。我们这些曾在乡镇生活过的人（尽管我们镇与灰镇相比，欢快有余而滑稽不足，较少有阿拉贡的风貌）都会知道，每章每节都反映着经过实地考察、不容争辩的事实。然而，鲁斯枭在采用这些事实的时候却将它们分解、变形、夸大或缩小，再套用他单调的幽默样板，将鲜活的事件变成琐细可笑的小玩意儿。美妙的现实引不起鲁斯枭任何细腻的感触。他呆板地演绎现实，麻木不仁像记流水账。他的句法一成不变，如同运转的齿轮；运用辞藻总是独出心裁，以至于只要把他的书读上一阵，就能根据前言猜出后语。这种千篇一律的写作方式无疑会令人厌倦，尤其是在作者试图展现诗意的时候，因为

① 桑迪亚格·鲁斯枭（1861—1931），加泰罗尼亚画家和作家。

对于诗而言，最大的灾难莫过于能让人举一反三。

我想，通过读鲁斯袅，可以清楚地领悟一点：矫造是作家最大的弊病。

鲁斯袅总是嘲笑机器，如今却出版了一部机器似的书，用来给自己画的草莓加糖。他是加泰罗尼亚现代文学中最死板的作家。

总之，鲁斯袅徒具空前优异的写作能力，却将它任意挥霍。

我在街上遇到了埃尔莫斯。他戴着一顶黑色丝织圆帽，略微斜向耳边；帽子底下的脸三天没修，白胡子像把扎在黑皮上的毛刷，俨然一只大猩猩的模样；发黄的眼球上浮着条条血丝，神色有些颓萎。他在阿尔及尔染上了一场热病，如今在服用金鸡纳。

我俩去杰尔瓦希的酒馆喝了一杯。埃尔莫斯似乎不太高兴。他已经不耐烦侍候别人，想独自住到冷水镇去。他说："有钱人才能吃夜宵。[①]"他觉得，在冷水镇只凭一条小船和几根绳子就能糊口。"以后我就是山羊海湾男爵，再也不听人使唤了。可能填不太饱肚皮，但我想干什么就干什么。再说，今年年成很坏，老是闹天气，连条鱿鱼也逮不着。我每次空手回家，一想起罗莎就过意不去……"

他这番讲述令我心软。若说人有什么值得我佩服的，那便是对自由的渴求。然后，他突然脸对脸地告诉我，几

① 西谚。

天前，在卡莱亚的酒馆“巴特耶庄园”，有个外地人说多年以前人们相信太阳绕着地球转，后来发现正相反，是地球绕着太阳转。

“这些事大概你都懂吧……！”他微笑着说，不知是出于敬意还是嘲讽，“你什么时候方便就给我讲讲。”

“那人说的是事实，没什么好讲的。”

“是吗……？”他惊讶地说。

“当然，看在上帝的分上！”

“好吧，很好……可那又怎么样？”他语速很快，口气粗鲁，略显烦躁，“能怎么样？这种小孩儿的玩意儿，还不都是一回事……”

托马斯·伽雅尔特在酒馆里说：“银行的老爷们都是大晴天给你送伞，等到下雨可就没那么简单了……”

报纸上正在刊登俄国革命的新闻以及大量针对社会主义的时评。科洛米纳对此兴趣日渐高涨，认为伽雅尔特所言有理：资本主义乌七八糟、胡作非为、悭吝而荒淫。无论你要创办什么事业，就算前景大好，只要借助于银行，最后都免不了遭殃。

格利勃然兴起，说道：“科洛米纳的话千真万确，是显而易见、不容争辩的。资本主义制度乱七八糟，不合理性。不合理性——这话正说在点子上。这个制度完全是任意胡来，所以又残酷、又可痛、又可悲。对对，你完全在理。你讲的那些，资本主义不但占全了，而且还有更可恶的，足够咱们发一整晚的牢骚。不过，要是你不介意，我提个问题：根据这些无论说没说到的事实，你就认为必须用一种由理性设计的制度取而代之，是吗？”

“坦率地说，有时候我是这么想……”

“你这么想？我的天！咱俩想的不一样。根据刚才针对资本主义种种完全属实的判断，你推论应当改换制度。可我正相反，我认为这些抨击恰恰表明，绝对应当在全天下维护资本主义。资本主义没道理、乱糟糟、耍性子、瞎胡闹、不公平、叫人遭罪难过……恰恰跟自然和生活一个样。自然、人生也一样是混乱、无理、荒唐、不公、任性、血腥、残酷、可悲。你是位聪明正派又活泼的先生，但只要没钱，就别想得到银行的理睬。住在前三号门里的那个笨蛋，刚得到一笔遗产发了财，还不知道怎么花，照旧过着穷日子，满身破烂儿，可是银行会朝他敞开大门。你再瞧我，老天本可以给我一只完美的鼻子，却偏偏生就了这副模样，见不得人。再有，人人都可以天生一副强健耐用的好脾胃，可是轮到咱的这套家伙却像二手货，还不是得将就着过。”

“那你做何结论呢？”

“我认为自然、人生、资本主义都是一码事。资本主义的出现就像春天地里头长草。这种自然的生成壮大不能预判制度道不道德。本质上，自然善恶不分，是纯粹的天道，完全无欲无为，不屈从于任何崇高的目的。说到底，这种自生自华意味着一种不容置疑的生命力，一种出于内在的勃发。”

“这种力同时也是不公正的源头，叫人作呕，不堪忍受。”

“我理解，完全同意，但我从没见过老天有意立什么公道。你见过吗？像我这人，生性多情，它本该给我一只优雅玲珑又迷人的鼻子，那才算公道。可是你看，我只能带着这根倒霉的棒槌四处转悠。假如我想用另一个更公平的自然取代现在的自然，要求一只完美的古典鼻子和一个强健耐用、百酒不侵的脾脏，你不会认为我很荒唐吗？疯子才会有这种企图。你现在为资本主义招致的灾难愤愤不平，想取代它，想消灭它原生的形态、自发的繁荣和内在的活力。你想用一个理性、公正、有序、道德上合理持中的制度来取代它。你认为，只要用一套理论上完美的人为的制度取代这套真实然而残酷的制度，就一定能为天下人谋得福利。我非常怀疑。我不相信。法国人常说：‘妄求最好，反倒不好’。从一个残酷但是自然的制度转向一个想象出来的制度，并不意味着改善。很有可能理论尽善尽美，到头来却一塌糊涂，坏上加坏，令人更痛苦、更找不到出路。”

“您是个顽固的保守派，”科洛米纳紧张激奋地说，“一个没有想象力的人……”

“您呢，是个包尿布的娃娃……”格利一边说，一边就着他的咖啡喝光了两小瓶啤酒。

五月五日

镇上最常可光顾的酒馆是诺瓦广场上捷尔瓦希的那一家。他的店常有好酒，而且待客和气。

酒馆一直是安布尔丹的政治中心。有些老招牌，到选举期间就变成了俱乐部。如果投票恰逢新酒出窖，场面会更热闹，有意安排的试酒会跟公共事务激起的无穷的论辩搅到一起。在这些酒馆里，从“大酒桶们”的胡须底下溜出来的东方笑话同朴素冰冷的政治教条奇妙地交相汇合，只不过酒馆里的说教听来都有几分粗浅和随意。

这些地方从不变样儿，先前轮番唱着《马赛曲》和《浪花华尔兹》，如今则是《国际歌》和戏谑小调。年年只是人依旧，唯有歌声改。

捷尔瓦希的酒馆资历颇老。尽管它的政治声名时有浮沉，但要说到试酒会，在帕拉弗鲁杰可是无出其右。

要讲捷尔瓦希酒馆的历史，就得从我们亲爱的家乡说起。本地历史尽管短暂，却很有趣，其特异之处在于镇上既没出过著名的人物，也没发生过辉煌的事迹。似乎很多人为沾不上光而泄气，而我却为生在这样一座城镇而欣喜。

没有救苦救难的英雄，也没有感官古怪的收藏家或者声若雷霆的传道士，这让我觉得轻松自在。

古时候，帕拉弗鲁杰是个由护墙包围的小村庄，村人以务农为生。护墙东南的角楼边上就是捷尔瓦希的酒馆，有棵橄榄树立在门前。店中常客多是四周的村民。每逢集日和礼拜下午，店里满是喝酒和谈买卖的人。赶上合适的时机，大家还会就着鲈鱼段和鸡翅膀唱起歌来。

随着邻村和外乡人的大量拥入，原来的小村庄像熟得撑破皮的石榴一样四外散开。捷尔瓦希的酒馆于是恰巧成了村子的正中心，所以更加闻名遐迩。村郊的人照常周日前来，村里的人依然天天光顾，礼拜一尤其客满。在这一时期，店里的菜肴基本是海螺、焖肉和沙丁鱼。沙丁鱼是穷人的伙食，吃的时候得就着抹过油和醋的烤面包。酒馆里烟气蒸腾，烤面包上的沙丁鱼像金锭一样闪亮，粉色的醇浆从一支支酒瓶里倾泻而出。当光销暮尽，余晖斜洒沙滩，酒馆中正热闹非凡。

后来乡镇开始规划，一心要把马路修得笔直，要把村庄变成清一色的四方格。古护墙的角楼原来还留下东南方的这一座——圆实、高挑、瘦削，像个阔妇——如今为了修直一条路也被拆掉了。于是镇上最为人员辏集的一角消失了，也就此断送了老酒馆的命。先前，角楼与城墙之间有墙幔相连，形成一个极好的避风所。特别在冬天，每当刮起北风，镇上的懒汉们就会来到塔防下聊天儿，组成一个闲散无赖人士议事会，有时还会加入某个前来避风的行脚贩或者雨伞商。这类人都背一只木箱，提一口锅，一路走，一路从锅里滴黑汁。他们把仅有的几个钱都花在酒馆里，所以捷尔瓦希对他们自然非常重视。

角楼被毁时，捷尔瓦希五十上下，身高体壮，气色康健，两道浓眉，一副骄人的高贵面容。老酒馆原来桌椅成行，巨大的酒桶依墙成列，屋顶像钟罩，柜台上有只喷嘴，摆着几把破烂的酒瓶和酒壶，屋子尽头是座大壁炉。老酒馆的失落令杰尔瓦希不但难过，而且时时掺杂着愤懑不平。他咽不下这口气。当初他参与店铺改良的时候，就几乎憋着一肚子难消的气。看着酒馆里新安置的座椅、仿大理石的柜台、圆蜗形的水龙和鱼缸，他感到绝望。更可悲的是，老客人不再上门，取而代之的是些没主见的手艺人，每到礼拜天就系上领结和领带。

“酒馆就毁在这一拨一拨的人手里。”捷尔瓦希对他女人说。他女人身材短小，鼻头像颗榛子，两眼总是泪汪汪的。

“得改改啦，现在可不比从前……”有人听见，回应道。

“改改？改什么？什么该改了？”捷尔瓦希一时守旧之情激昂，嚷了起来，“你们怎么能这么蠢……！什么该改了？我走。他们毁了我的买卖，伤透了我的心……”

捷尔瓦希在一座临海的山上有间窝棚和一块遍是石头的土地。地里原本种着葡萄，可是全被蚜虫啃光了。窝棚东倒西歪，水井里填满了石块。捷尔瓦希搬到山顶上去了。

他修整了破屋，清理了水井，并重新开始打理田地。他先用石头在山坡上垒起一道墙，然后栽下葡萄。他买了一支老猎枪，别人又送他一条谁都不要、半死不活的狗。为了逗它，捷尔瓦希有时会放上一枪。他在窝棚后面安了四五只蜂箱。每逢下雨，他都会提着一只铁皮手电筒，撑着伞到海崖边去捉螺蛳。

在捷尔瓦希栽葡萄期间，有个懒汉议事会的成员前来帮忙。他是个外乡人，睡在窝棚里，有什么吃什么，来了兴致就干上一阵儿。葡萄园渐有起色，没出几年，捷尔瓦希的葡萄酒就在周围四乡八镇出了大名。葡萄园的土地硬得翻不动，产量其实很少，但结出来的都是上等货色。

葡萄园很惹人喜爱。夏日的傍晚，捷尔瓦希常走到门前，坐在一块用来捣蒜的石头上。脚边是那条老狗，摇着尾巴趴在地上。捷尔瓦希环视自己的成果和四周的景色。从山顶可遥见辽阔的海面和胡桃壳似的船只。陆地上远处是比利牛斯和卡尼格山，稍近是镇上的钟楼、房屋和大片农田，眼前则是数座葡萄园、播过种的农地和几片苜蓿地。松树和橄榄树稍稍装点着景色，缓和着其中霸道的人工痕迹。

每当太阳升起，捷尔瓦希会拿起一支硕大的粉色海螺，鼓起脸颊，朝着四面八方吹响。海螺的音量相当大。捷尔瓦希每天早中晚各吹一次。自搬家第一天，他就开始了这个习惯，日复一日竟成了规矩。最初几天，人们听到海螺声，还以为纯粹是个玩笑，后来渐渐开始留意。如今，杰尔瓦西的螺声成了人人遵从的号令。尤其对于劳作的人来说，低沉的呜呜是休作的计时器。

不过，把海螺比作“计时器”或许太夸张，因为这个词蕴含着“精确”的意义。捷尔瓦希报告日出不是当太阳升上海面，而是在自己见到太阳的那一刻。日落也是如此。如果赶上阴天或者积云不散而难见太阳，捷尔瓦希报时的早晚就要全凭天意了。

一天，圣·塞巴斯蒂安教堂的看守对他说：“礼拜三你吹早了……”

“别这么较真儿，怎么可能事事周全。”捷尔瓦希正色答道，“我报告太阳落山，你就躺下睡觉，甭担心它还会升起来。”

捷尔瓦希还得对付一些吹毛求疵的钟表主人。有的说他从来吹不准十二点整，有时差得离谱。他回应道：“搞清楚！我吹的不是十二点整。什么叫十二点整？难道什么事情都能计算吗？该吃饭了，我就吹，我吃饭就是十二点，明白吗？你们尽弄些新鲜事，不用多久就能让我发疯。”

现在，人们实际上已经离不开捷尔瓦希的螺声。那呜呜成了天道行常的一部分。要是哪天捷尔瓦希人尽螺歇，大家一定会感到落寞，若有所失。

这片海域的航船也都认得捷尔瓦希的号声。有些帆船每逢经过葡萄园便挥旗致意。他们第一次这么做的时候，捷尔瓦希欢欣雀跃，满怀期望。那天，他两个多小时口含螺号，简直在吹一部交响曲，一直吹到帆船消失在天边。因为累过了头，他晚上睡觉的时候觉得胸口要胀裂，脑袋里响着铙钹。

那天，地里的人们还以为捷尔瓦希是在宣告世界末日。

五月六日

无论如何，要绕过拜尔达盖是有点儿困难的。在这个文艺时常夭折的国度竟能出现生命力旺盛的作家，令人惊异。拜尔达盖是个强壮、狂暴、骄傲、体格强健的人。必须是这样一个人：农民嘴里讲的加泰罗尼亚语就像他们抓在手中的烂泥，要将这样一种语言转化成一套表达工具，是一件重大的工作，也只有拜尔达盖这样的人才能完成。说说当然容易！就成效而言，对拜尔达盖加以任何赞颂都不过分。

但是，拜尔达盖将我们的语言复原才不过几天，我们这代人就试图用它表述一切耐心。这种企图或许是不知深浅。然而没有，就没有生活。问题不在于能否讲话，而在于是否有话可讲。这就是当前与拜尔达盖时代的区别。

五月十五日

北风正猛。我在床上听风声呼啸，实际上，不必出门，只要听铃铛响就能知道风向：清越透亮的是北风，哑暗散浊的是西南风。

这袭人的剧风搅弄着我的肺腑，令我生恨。比起暴戾不宁的天气，我一向更喜欢平静祥和的自然。风暴的姿容令我作呕。可是每年只要一入夏，就会刮起一阵张狂而无用的西南风。如果正赶上麦熟，便会造成无法弥补的损失。前些年，收成被一阵北风刮走，我父亲眼睁睁看着，无计可施。风卷麦粒，好像漫天飞扬着惨淡的白灰。

下午，我看到一队出殡的仪仗冒着北风经过卡瓦耶斯路。风把花圈吹得嗤嗤响，好像猫爪在挠铁皮，令人起鸡皮疙瘩。灵车上流苏飞舞，好像章鱼挥动着触脚，说得文雅些，宛如莎乐美的头发。灵车高处的座位上，驾车人瑟瑟缩缩，好像一只被迎头一棒敲瘪了的木偶。午后的阳光锐利夺目，寂寥的长空色冷如铁。空旷的街道上，身着黑衣的殡葬队看起来荒唐可笑。神甫的短袖法衣里灌满了风，似乎随时会凌空飞起。侍童高举十字架，步履维艰。送丧的人们脸上摆不出一丝悲戚，只顾用手按住帽子。丧钟敲响，本应洪郁的声音被风吹得像破布片一般七零八落。队伍走过哀思德莱特路，像一只神话里的怪物，正迎着某种灾异之力行进。

五月十九日

“我的意思是，”弗里格拉说道，“要让女人摆脱对物质的忧虑。贫穷同任何形式的情色都不搭调。我所说的这种忧虑能把人变得如同草木。或许，亚当和夏娃在吃下苹果前后最为明显的区别是：之前，两人无忧无虑，过着轻松舒适、坐享其成的生活；之后，他们忧心不断，结果一切变得琐碎。……我觉得，原罪之于人，从这个角度看，意义最为深刻。”

五月二十四日

普拉庄园有项非常古老的传统，世世代代交替使用安东尼和约瑟两位圣人的名字给承业的长子命名。我叫约瑟，父亲叫安东尼，祖父约瑟，曾祖安东尼，高祖约瑟……以此类推。如果我有了儿子，也得给他起名安东尼。

在即将给我施洗的时候，曾围绕这一传统发生过一次争执。祖父如果在世，将由他来做我的教父。可他当时已经故去，而玛丽埃塔祖母只能做教母，所以人选转到了母家一边。可是在场的人当中没有一位姓卡萨达瓦伊的，于是人选自然而然地落到雅克[①]家一位最年长的姨祖母的丈夫。这位好心人出主意，要给我起名恩内斯特，并且态度强硬，由此引发了一场紧张有趣的家庭纠纷。

我未能有幸认识那位本该抱我受洗的姨姥爷——那次纠纷致使教父这件事终究告吹。关于这位姨姥爷，我只模糊有些消息：他是个好老头儿，一辈子的联邦主义者，对红酒略有嗜好，喜欢到当时共和党赌场的图书室里读那些

① 卡萨德瓦伊为作者母亲的父姓，雅克为母姓。

最厚重而严肃的书籍。

若将这样一个人物置于安布尔丹自由主义传统之下，大家就能看出端倪：他之所以要给我取名恩内斯特，是因为勒南[①]叫这个名字——正是那个“不义之人”勒南。

在埃斯帕特罗将军[②]时期，安布尔丹的这个取名传统第一次出现了个别的松动。如今我们在安布尔丹认识的许多巴尔铎麦斯，是出自埃将军之名。艾米利斯来自卡斯岱拉，尼克劳乌来自萨尔梅隆，诸如此类。后来出现了一些古典的名字：尤利西斯、阿基米德、达尔文、赫莫杰尼斯和爱迪生，姑娘们取名莎乐美、伊薇儿达、阿摩妮雅……人们在取名上挖空心思，结果却令这段有趣的演化史以笑话告终：维古尔镇一位杰出的市民在法布拉天文台用望远镜观察了月亮以后，激动得无以言表，便想把自己的儿子叫作阔玛斯·索拉[③]。那孩子的名字险些就成了：阔玛斯·索拉·皮·伊·罗马尼。

好了，教父提议给我取名恩内斯特，以致那些受普拉庄园传统荫庇的人痛心疾呼。难说有多少人介入其中，想把事情引回正道。可是老头儿凭教父的名义，固守己见。双方一番唇枪舌剑，洗礼不得不因而推迟。对抗如此剧烈，又有法官和神甫从中大力施压，以至于教父晕头转向，正式退出，像个保皇派头子一样含怒而去。事件以后，两家

---

① 勒南（1823—1892），法国作家、史学家。

② 埃斯帕特罗（1793—1879），西班牙将领，曾出任纳瓦拉总督。

③ 阔玛斯·索拉（1868—1937），西班牙天文学家。

人完全断绝往来，不相致问。既然同住一镇，不免时时遇见，互不问候意味着大家仍然心存龃龉。

以上就是旧生活式微的缩影。

六月七日

蒙昧的农民世代奔走于地上，最终可能会诞生出某个人物——这里说的就是我，此人百无一用，却要为写这些荒唐的短文历经世间百般愁苦。至于写成的是什么，则无关紧要。

我答应罗拉女士写一篇真实的自画像，最后却因为太怕出丑而没交。

身高，一米七四。依据雷兹乌斯颅相分类法，我明显偏向于颅骨短小[①]。我不仅短脑门，还是个死脑筋。我的头顶毛发稠密，虽然我并不在意头发的多少，可是骑士路上的一名理发师曾在我小时候向母亲预言，说我一辈子都会有头发。儿子一辈子都有头发，这足可令生身父母心满意足。头发的稠密稀疏或许是桩小事，不过做人最好能乐其所有。我没有宽阔、饱满、发散、引人遐思（按照小说的常谈，属聪明睿智之相）的前额。我的前额很寻常，笔挺，同地面垂直。我的头发既非金黄，也不全黑，而是居于二

① 具体而言，颅骨宽度超过长度的80%。

色之间。额头以下，曾经挺着一只外形完好、骨翼分明的鼻子，后来却毁在我自己手里。有一年，我们到东边一座海滨小镇避暑，镇庆日那天去玩独木取彩[①]的游戏。我穷形尽相地保持着平衡，走完一段涂过牛油、滑不溜丢的长木杆，拿到了尽头的奖品，赢了个首彩——两块鸡肉。当我垂头向下，却不知怎地抓住了旗子，结果迎面撞在了木杆上。那一撞实在厉害，脆生得吓人。我被人从水里救起时，已是半死不活，人事不知，鼻子嘴里直冒血——血色教人心惊胆战。我满脸青紫，肿得像个怪物，鼻子折了，软骨歪了，三个礼拜没能下床。

“这些鸡肉怎么办?”家里人说。

我一辈子也没得几回奖，这是最惨痛的一次。此后，我半边鼻子略微塌陷，失去了原形，再没有任何可观之处。

我双眉浓密，睫毛不长，曲线既不浪漫，垂目也不含情。睫毛下面是对眯缝眼儿，颇有几分神采，而且叽里骨碌直转。据说，无论由于身外所见还是心中所想，我的眼睛都极易受影响。这双眼睛未经管教，不知掩饰，似乎会时刻将我出卖。眼睛的这一缺点也正是我的面容特征——极其变动不居。我的脸不停地变换表情，以至于有朋友想为我画张正面像都每次早早偃旗息鼓。不能把脸摆得平静、稳重、文质彬彬、波澜不惊，这是很糟糕的。我这副面相能派什么用场?有什么意义?我可不觉得是心思敏密的表

① 游戏者须走过水面上方一根细长的木杆，最后摸到旗帜或者拿到奖品。

现。无论那些小说家怎么宣扬，什么宽脑门意味着聪明之类，我反正不信这一套。长着这张不安分的脸，最好是闭门不出，隔绝人世。你如果不能掩饰因人而起的种种情感（例如对姑娘们的失望），不如到底比斯去当个愤世的隐者。我认为这是句金玉良言，适用于所有不幸生就了我这副面相的人。另外，难说我的双眼是什么颜色，可能由于太小而不易明辨，有似乎时瞳孔是深灰色，中有一星飘忽活闪的小光点儿。

我的面孔十分平坦，颧骨宽大突出，所以几个巴塞罗那的朋友说我像个出身地中海的俄国人。我觉得他们的观察很有意思，就假想了一份家谱。根据这份家谱，我的祖先是一群斯拉夫人（可不是蒙古人），十六世纪时被一艘阿尔及利亚战船捕获，登上海滩以后幸得一名基督教女子搭救。祖先下船接受洗礼，发现当地生活安稳，便干脆定居下来。我的一些朋友（还有冤家）为这份家谱增编了许多故事和情节，或逼真或荒诞。最后，故事编得太多，我有时竟觉得他们已把杜撰当了真。

不管怎么说，我不会痴心得把自己归为纯种“拉丁人”。我的父姓“普拉”，是个不折不扣的古罗马姓氏。切纽斯初次见到我刊出的姓名“约瑟·普拉”，便说这名字沉甸甸地坠向地面，一听就知道是脚踏实地[①]。至于我的母姓“卡萨达瓦伊”又是什么意思呢？在巴塞罗那、吉罗那和安

---

① 作者父姓 Pla，加泰罗尼亚语意为“平”。

布尔丹，这个姓氏被认为与犹太有关，明显源自以色列人。在中世纪连续的灭犹运动中，“卡萨德瓦伊”反复出现在安布尔丹的卡斯岱约城的火刑者名单里。不管怎么样，我的姓氏恐怕比血统纯正得多，因为从我的长相看不出犹太人的三大特点：其一，犹太人，无论塞法第族还是阿什肯纳兹族，都生有悲切的眼睛，好像挨打告饶的狗；其二，多数人并非鹰钩鼻，而是鼻梁柔软，鼻头扁平，还爱出一层细小的油点儿；其三，他们的颈项结实，线条粗硕。我既没有悲切的眼睛，也没有出油的鼻子和粗硕的脖子。罗拉太太，您看得出来，我的眼神同您一样活泼（有时过度），鼻头干燥，颈线则像善加谱写的旋律一样明了流畅。这都是明摆着的事实。

的确，我母亲祖辈长于经商，而我却不得不承认自己完全拙于此道。我这人对做买卖一窍不通，头脑与经商格格不入。由此可见，我的姓氏固然出自犹太，但血脉大概已经混杂。我觉得自己是犹太人名不副实。然而，我不能否认的是，按照斯图尔特·奥斯汀·张伯伦的分类原则以及阿利乌主义清教徒的教旨，我是个典型的地中海域的洼地人。无所谓，过分的金发白肤有点儿令我厌倦。

我阔口厚唇，牙齿完好；耳朵很普通，紧贴头部；下颌强健，却完全没有意志主义所假设的种种飞扬跋扈。所谓下颌反映意志也是无稽的小说常谈。我的脸颊左侧偏下有颗惹人注目的痣，更显得我表情多变。我们又旧话重提了。没错，我对这张不安分的脸孔永远不能释怀。太太，我此刻在说自己，却完全像在议论他人或者什么小说里的角色。长着一张如此拖累人的脸真是不幸。从严肃的沉思到柔稚的凸显，从冰霜般的冷漠到由衷的痛切，我的脸会随时变换形态，而且速度快得离谱儿。这张脸就这样时刻违背我性情的安定，让别人觉得我喜怒哀乐全无衡准，甚至认为我轻浮、不可靠、既难以捉摸又放浪不经。有人因此声称我有一套浅薄的玩世主义，还有人对我颇为怀疑。对此，我无可奈何。我勾不起别人的信任，让他们都认为我见风使舵、两面三刀。我心里明白，其实他们多数人不曾接近过我无足轻重的小天地，还有些人要尽力拒我于他们的天地之外。不用说也知道为什么，他们信不过我。

全怪这张形随意转的脸、左颊下这颗惹人注意的痣，还有这副变幻无常的表情——哪个也不是出于我的选择！假如能选长相，我会挑一张麻木不仁的木偶的脸。太太，这些事情虽令人丧气，可又有什么办法呢？说到底，长相是别人给的。木已成舟，我也无可奈何。

到目前为止，我一直刮胡子，从没留过。我自从进了一所教会学校、嘴上开始长毛以后，就开始自己办理剃须的手续。我天天修整，除非哪天早上我的愤世之情骤然发作。早些年，我留过时兴的“巴黎头”（也就是刷子似的平头），后来我一直梳背头，有时会朝左分出一绺。我从没用过脂粉或香水，只用清水。我从没梳过分头，无论人前还是私下都没做过头发。那时候，鬈发男人更讨姑娘欢心。我同这些为世人所重的细枝末节一向疏远，大概是因为没时间。太太，请原谅我的自矜，但显而易见，我向来发型朴素。我从不认为两人竟会因头发长短、发式不同而有所区别。足不出户的生活让我有种说不出的天真。

曾有几个姑娘说我双手生得很好。我的确讨厌那种屠户们常有的手：粗糙变形的手指和臃肿的手掌。不过，我就算天生一双怪手，也绝不会因此睡不着觉。就算在那些名门望族、至尊世家之间，我还见过许多屠户般的手呢。我的脚小巧俊俏，尺码介于三十八和三十九码之间。我头很大，腿脚却挺细。姑娘的脚应当线条分明，胜过粗大扁平死板。男人固然不必如此，可毕竟是一项长处，只要不落得纤纤作态、让人当成故作雅致就好。我是个大脑壳，这不容否认。实际上，我脑袋大、肚子小、嘴巴俗气、心思善变。有时，我会莫名其妙地轻易流泪——泪腺因受内心刺激而不能自制的反应而已。泪眼轻垂能令人心动，尤其是最初珠光莹莹的一刻。有几次，我曾因此得到女性的怜爱，不过当时避而远之或许更为上策。有时我却怎么也哭不出来。这时，任何言语也不能催动我的泪腺。总之，在情感世界里，我不是个言行持中、心怀尺度、举止得体且善识分寸的人。我要么全心投入要么无动于衷：Aut Cesar, aut nihil①……

我对他人的贫乏比对自己的更为敏感。我爱听粗劣的音乐，而且品位难改。我注意到，他人之爱雅乐与我之

① 要么归顺恺撒，要么死路一条。

爱听俗乐，原因其实没什么不同。如果某人有一见之长并肯传授于我，我会甘愿对他逢迎拍马。否则，哪怕山穷水尽我也绝不奉承。我喜爱和婉的女子胜过貌美的娇娘。我偏爱富于讽谑的理性主义。我喜欢旁人衣着体面，对自己的服饰却毫不挂怀。我穿鞋喜爱舒适，即使是旧的。我毫无雄心，若是为争一个风光的职位，我连脚也不愿抬。我想有钱，尤其在本地，有钱意味着自由。不过，如果理财要花费大量时间或者令人担惊受怕，我就没有兴趣了。比起跟同行闲聊，我更愿同商人、工场主、农民或者兽医交谈。

我善于理解他人，如果别人有理，就算于己不利，我也会赞成。您一定不相信我这番告白，会认为它是虚伪作态。但事实确是如此！我怀疑自己甚于怀疑别人。揣度他人行为的意图简直会让我觉得恶心，而我自己内心的动机已经让我数次、无数次地暗感羞耻。我未曾着意将这些经历一一牢记，并以此证明人的卑鄙。在这一点上，我觉得，越能忘怀的人活得越自在。相反，既然谈到了记忆力，我很擅长背诵，读书时总对那些无关紧要的细枝末节饶有兴趣。我对古人和今人一样着迷。对我来说，对历史的记忆与当前同样真实。

您会说，一个人抱着这些念头没法过日子，注定要一败涂地。可能吧，但我已经事先向您保证：要实话实说。如果您愿意，我们可以以后重新讨论，看看能否摸清我的底里。

我对科学的兴趣超过对形而上学和神学。

为了健康，我一向十分重视睡眠。实际上，我认为睡眠比饮食等生理需求更重要。当然，这话不能告诉女人，因为她们有时喜欢那些清醒的男人。可是每当睡意连那些看似最顽强的欲求也一一征服，我们又能做什么呢？总之，睡足了觉，我就会感到踏实。如果睡不沉稳，作息不定，就会疲劳倦怠、身体不适、血管膨胀，可能因此举止唐突，口无遮拦，对世情常理做一番无谓的批评。太太，显然，这就是我十分注重睡眠的原因。

您一定已经看出，我们如此下去会没完没了。前面我已经描述了我的为人，诚然十分肤浅，但我已经尽力。我说的都是真话。真相必须依赖于言辞（可悲），而我的表达方式又极其有限。假如我说自己文笔不过如此，那是撒谎。但此时此刻，我要把话说得尽情尽理，就不能擅越雷池。或许改天我会有所补充，添上些不像前面那么幼稚的内容。接下来，我要把这篇自画像完成，向您讲述我的人生志愿。

您大概已经发现，我对事物的判断出于人性的善良和诚挚，也出于宽容和理解他人的乐趣。然而，一个人单单是存身于世便足可招致许多旁人的不满和抱怨，又何必处心积虑地自找更多的麻烦……最好做到要么无知无觉，要么避而远之。在本地尤其必要：有这么多妒忌成性的人、这么多不能独立生存的人、这么多吃人的人。有时，我觉得要做到无知无觉，最好的办法是变胖，因为肥胖会压制个性，予人一种特别的处事之道。

瘦人往往爱计较，没完没了，不易安分。胖人相反，他们即暧昧又风趣。瘦人往往一板一眼，胖人则是神情动作模棱两可，仅凭眼观目度处事。我若是个胖子，可能也会沉湎于那些微不足道的口腹之乐，晚上去咖啡馆睡一觉，趁打盹时低头抬头的间隙跟朋友聊上几句。我会云山雾罩，天南地北，大多言不及物。我会举止轻微，令人难以察觉。我会在嘴边挂上胖人们的常谈，讲个死者与守灵人之间①无关痛痒的小笑话，可以让死者免受讣文的拖累前往彼世，让生者获得宽慰并见识我极其善良而柔弱的内心。就算有人对我出言不逊，我也不会拍案而起，因为对于一个胖子来说，没有比离开屁股下面的座椅（一把或者几把）更难受的了。是的，太太，数量的确能压抑性情，不能依据保存体面的平常规矩来判断胖人的举止。

换句话说，一个胖子拖着自己的体重，躲也躲不开，去也去不掉。这一重量既承载生命又将它拖累，实在令人尴尬至极。因此，一个胖子绝少有虚伪心，格外有条件做个好人。他会将人世看成一场极不公正的古怪表演，既不容细论，也不可求全。

这就是我人生在世所希求的理想境界。

---

① 这类笑话我国也有，多以嘲笑守灵人胆小为主。此句难解，大概是说他会出于好意，适时讲个笑话，一来告慰死者在天之灵，二来调解生者的哀思。这段胖瘦之辩不甚合常理，不过请莫忘记二十一岁正是爱别出心裁的年纪。关于“面子”，作者在日记中多有涉及。

尽管听来可悲，但我不得不说，道德伦常以某种黏液体质[1]为基础，以厌生灭欲为主旨。气血一上涌，人就该夹起尾巴……道德的另一种表现形式是书店所售的书籍报刊里的争论。我刚才所说的理想境界，恐怕永难彻底实现。

未来的历史学家在考察我的家谱之后或许会说，我没沾多少祖宗的福气。人多看重金玉其外，尽管这种倾向近来稍有收敛，仍然不能否认人是趋光的动物。我的先辈平淡无奇，这固然无可争论，但他们遗传给我一种热情开朗的习性。狂热的戾气在我身上已经散尽，我觉得自己从未在个人问题上有过狂热。我祖父约瑟终生秉持这些品性。在第二次卡洛斯战争期间，他在我们的故宅里同时收留过身份公开的保皇党人和卡洛斯党人。他从不将任何人拒于门外，对谁都用同样的焖肉和豌豆牛肉招待。假如那些可悲的狂人有胆量，祖父还会让他们共坐一桌，并且以一贯的好客之情主持宴席。可是双方立场不同，所以绝不能同餐共饮。就为这萧墙之争，我家的姑娘们常常忙得不可开交，要在家里不同的地方连续侍应四道晚餐。如果有人像戈比诺公爵[2]一样富于奇思妙想，并且愿意赏光研究我的情况，他可能会推论出我血液中暴力和义理的因子太少，不配被列入高高在上的优等种族。的确，我属于这片土地，带有欧洲一域的海滨之气，偏好似是而非、云山雾罩，爱

① 古希腊医生希波克拉底将人的体质分为四种：血液质、黏液质、黄胆质、黑胆质。

② 戈比诺公爵（1816—1882），法国思想家。

戏谑多于思辨、静观多于执见。说到底，我认为世上还有比这些更严重的固执。

我祖父在接待那些党徒的时候，表现得恭逊却又明睿。他即喜恬然独居，也愿与人和平共处。我认为，他的言行与其说是一套卑颜屈膝，不如说是现实合理。在这些方面，我觉得自己没能继承祖志。我秉性软弱，而软弱是危险的，容易使人失于公正。我觉得自己先天不足，总是畏首畏尾，常常曲意应承，尽管心里不情愿，却又很难摆脱。我知道自己为什么吃亏犯错却不能改正。我第一天恋爱，第二天便受骗。我会在无意间对心爱的人造成伤害，而对于敌人却暗地心软。啊，太太，真是一塌糊涂！

我从小写作，但是写作对我来说是一项复杂的附加活动。似乎跟很多人一样，我对生活中应当的作为——尤其是有利于己的事情——不甚了了。然而，写作这一爱好改变了我，创造出一个奇怪的人格、一个内在而自在的“我”。二者如此不同，以至于我常难理解彼此间的瓜葛。这一人格分裂的结果是，我虽然生来软弱可悲，可一旦搦管在手，就会有如酒神附体，咄咄逼人。我进入一种无声的激奋，变得敢作敢为，不顾后果。这一现象该怎么理解？它意味着什么？或许说明了我们所浸染其中的中层文化已对我造成了不可弥补的戕害。一个人如果受过良好教养的熏陶，应当时刻温雅宽厚、善解人意，而我到现在依然举止粗暴不经。因此，与其变得文质彬彬，若能承蒙天赐、胖上几公斤或许对我更有好处。

归根结底，一个人一旦自我扭曲，若能不受拘牵、正常发展，也就无关紧要。大千世界，何所不有。可实际上，世间很难有自在的人生。我四处寻觅、演练和试探，却一无所得，只见茫茫天地，四处寂寥。大家各顾各地忙于日常的营生，过往匆匆，谁也不愿为鸡毛蒜皮浪费唇舌。

就是这样，我想变胖却很瘦，想求知却不得贤朋，想与人论辩却四处碰壁。这可笑可悲可叹的局面让我带上一副百无聊赖的神色。因此，太太，我到处不得自在，只好游魂一般行走于世间。

七月二日

冷水湾之行让我想起了维谷尔。我喜欢这座城镇。人们一般把维谷尔视为帕拉弗鲁杰的精华，是帕拉弗鲁杰发展的极致——镇上的人自由、混乱、淳朴。我的老朋友布林克斯便是这镇上的人物之一。他的故事很简单。

日上三竿，柏拉·布林克斯来到葡萄园的小屋，敞开屋门，然后一面将皮口袋挂到一颗钉头上、将拐杖放在门后，一面拍打手掌。

四只母鸡沸反盈天地跑出来，阳光下一时翅羽杂沓，有一片还粘在了他的胡子上。

“皮塔斯——皮塔斯——皮塔斯[①]……”

布林克斯养鸡是为了给葡萄园添几分生气。

早上天气很凉，他一到园里就点燃了小屋的壁炉。若是夏天，他会在门前的阴凉地上生火。趁着烤面包和鲱鱼的工夫，他先点上一支烟卷，然后坐在门前的石凳上，吃起搽过油、醋和大蒜的烤面包。面包色泽炫赫，好像夕照

① 叫鸡声。

下一截庄严的主教法衣。烤面包有点儿咸，叫人口渴，吃完得喝一肚子的醇红酒。

酒足饭饱，布林克斯手执铁锄，围着葡萄园转上一圈。每天他都自问同一个问题："今天从哪儿开始？"他慢慢地兜着圈子，好像一条绕盘子打转的狗，不时地朝园子瞥上一眼，似乎想说："真没意思！"

布林克斯的葡萄园在维谷尔海岸的南坡，临近弗尔内斯。在坡顶最贫瘠的土地上，长着几株满身疤痕的老橄榄树、一棵拔不掉的无花果树和六七棵遮荫的松树。无花果树上时而会飞落一只颜色凄惨的黄鹂。这片土地似乎天然是那些趾高气扬的鹌鹑的散步场。半山坡上有眼井，井边立着两根柱子和一截用作井架的松枝，另外还有一具盛放硫肥的蓝色石槽[①]。山坡下是葡萄园，面朝巡警们走的小路。小路在临海的山崖上蜿蜒而成柔美的曲线，仿佛一条白缎。走在路上，能闻到海草和海茴香的腥味。天气不好的时候，飞溅的海水会把最前排的葡萄燎得发黄。

葡萄园里全年东风不断。日落时，园内一片焦黄，走在葡藤之间，土地会像烤面包屑一般哔剥作响。背海而望，井口和支架间硫火尚燃，整座葡萄园仿佛一团待熄的余焰。坐屋面海，只见千帆过往，自生一番古趣。弗尔奈斯湾尽收眼底，左是维谷尔角，右有法路盖斯岬。法路盖斯是一段山脉，色如鸠颈，山上多岩石，远看如腐锈的霉斑。遥

---

① 为预防霜霉病，应适时对葡萄施加硫肥。

遥可见弗尔奈斯的小村庄，白黄粉三色交错，明丽照眼。还有细腻可叹的碧水滩，海浪的泡沫洄漩于岩罅，柔和明媚的海崖上立着松林、橄榄和葡萄园。

布林克斯总算开始干活了。挖坑和拔草还算是他喜欢的工作，给葡萄施硫肥得走太多的路。

谁敢说自己能一刻不停地干？布林克斯连一个钟点也坚持不了。他干够了，就直起身，用手抹抹前额，瞅一眼太阳，然后丢下一句："伙计，麻烦啊。"

他回到屋，取下酒葫芦，旋开壶嘴儿，往嘴里浇一口，然后又一步步踱回园里。他这儿弯弯腰，那儿停停脚，薅把野草，采棵茴香，扔块石头，有时抻直一截葡萄藤，抖掉叶子上的绿毛虫。

很快已是晌午。夏天，他从井里提一桶凉水浸酒。冬天，他在火堆旁花上半个小时点着一截树干。他吹着火炭，脸颊被映得通红。火堆燃起，他铺下餐巾，烤好面包，有时就条鱼，有时啃块骨头，饭后拈根藤枝咂咂干葡萄，或者砸几颗核桃。

"现在最好去睡一觉……"

如果天热，他就躺到松树底下。松涛起伏，宛如阵阵温柔的摩挲。从树荫底下望去，慵懒的海上布满白沫，天水相合处，一线清新湛蓝，时而飞过一只海鸥，缓缓吐着长气。景色古朴静穆，安慈庄重。偶尔传来一声叫喊，随即被风温柔地带走。似乎能感到时间流动，仿佛一注油液缓缓地淌过。

如果是似暖还寒的天气，布林克斯就裹着毯子躺进园中的一个土窠，里面长满齐腰的野草，有时甚至还留有野兔的余温。布林克斯毛虫似的蜷起身：穆穆长空落进眼里，金色的空气仿佛有群蜂飞舞。他慢慢闭上眼，感到唇边尚有一丝核桃的苦味。土地的热气透入筋骨，他哼着一首歌的结尾睡去：

“巴纽斯人和罗卡人去过大节……”

在梦中，布林克斯会看见自己的青年时代，特别是跟朋友到葡萄园狂啖豪饮的场面。上午，那些打猎的朋友会牵起皮绳，放上几枪，带着猎狗闹腾一阵，最后带回大半只兔子或者一只鹌鹑。作水手的捞起半斤海虹，打一网梭鱼。大伙儿同做一顿丰盛美味的海鲜饭，将海贝和米饭堆得跟锅沿儿一样高。大家忍着馋，听锅里嗞嗞嘟嘟地作响，肚子里翻来覆去，一直等到锅面最后泛起白沫。他们有唱不完的歌儿，人人感到手掌发痒，嘴巴发黏，筋骨酥麻，神智昏昏。一阵迷迭香的气味传来，令头脑稍稍清醒，却又引人想起姑娘的大腿和脸蛋儿上的绒毛……

一天，布林克斯挎着一只长枪来到葡萄园，身后跟着条满脸愁苦的老猎犬。这条狗一旦看到蝴蝶或者蚱蜢，就会猛地停住，斜眼瞅瞅主人，然后引鼻一闻，把脑袋一甩、耳朵一抖，跳将起来捉虫子。不过，它早已腿脚不灵，所以时常落得仰面朝天，接着就开始抽抽搭搭。然后，它卑微茫然地望着蝴蝶飞去，这才垂头丧气、一瘸一拐地重新上路。

布林克斯的枪和狗看似是为了打猎，其实，他买枪是为了吓唬那些偷葡萄的巡警，养狗只是为了撑场面。他过于喜欢安稳，对硝烟没有半点儿兴趣，所以并不擅长打猎。不过，巡警们自从得了消息，就再没接近过葡萄园。这叫布林克斯很沮丧。

“现在这枪有什么用？”他心事重重地说。

布林克斯把枪擦得干干净净，枪口朝上，放在小屋的一角，旁边搁着别满子弹的腰带。枪总这么挂着，让他看得心烦，便四处张扬要出手。与此同时，他也开始考虑怎么把狗也甩掉，却发觉心中已有几分不舍，所以左右为难。一天，他见那狗睡眼蒙眬地躺在无花果树下，懒洋洋地望着一只飞舞的苍蝇出神。

“这条狗，”他说，“就跟有人欠它钱似的。”可转念又想：“倒霉鬼，又老又可怜！”

他长叹一声，吐出了心中的犹疑：“咱可怎么办，狮子？”。“狮子”一动不动，上下打量主人一眼，抽抽鼻子，又重新打起瞌睡。等到离园的时候，它照旧跟在主人后面。

一路上，布林克斯的私心与同情不住地交战。他似乎一会儿看得透彻，一会儿又舍不得，刚说一句“你不稀罕这条狗”，又哀声叫道“可怜的狮子”。狗麻木不仁地跟着主人，心不在焉，听天由命。布林克斯一时恼火起来，咬牙切齿，却又面含惭色，说道：“狮子，你这条烂狗，看我用石头把你打走。”

到了一个岔路口，在离布林克斯几步远的地方，狗突然停了下来。它看着主人，低头顺眼略一施礼，踏上了左边的路。布林克斯心头一紧：他该走右边。……看着狗一溜烟地远去，他脱口喊道："狮子！"狗没回头，继续前进。从此以后，布林克斯再没见过它。

这件事让他无精打采。

"可怜的狮子，天知道它能去哪儿！"他摸着脖梗说。

面对这一回回悲惨的场面，他有点儿自哀自怜。离去的狮子、被偷的葡萄、白买的猎枪，凡此种种，让他对那些巡警恨之入骨。他本来不敢正眼看他们，现在却是恶向胆边生。后来，他在理发店听来个小笑话，说是没有缉私的就没有走私的，于是更加怒不可遏。在葡萄园门前，有时能看见一个带武器、披斗篷的巡警上山来捉蜗牛和摘菠菜。布林克斯将手拢在嘴边，声嘶力竭：

"妈了个……！"

喊声轻柔地消失在海面和松林里。他话还没完，已经开始心虚，可是又觉一股火儿冲上脑门，便继续喊了起来。这时，他开始膝盖发抖，又再次住了嘴。就这样，他喊喊停停，最后干脆跑回了小屋。

"我真没种！"他靠近窗户去看动静。

天知道那个缉私警察到哪儿去了！

每逢下雨，布林克斯就躲在屋里，用葡萄藤生一堆旺火，取出一副表面发黏的纸牌，半睡半醒地玩接龙。他不时地撑伞去外面看看天气，再絮叨着转回屋里。壁炉的烟随风四散，在闪电和缭绕的烟气之间闪着碎石英似的雨珠，让他看得目瞪口呆。

傍晚，他穿上木鞋，锁好小屋——母鸡已经入笼，撑起一把大伞朝海滩走去。硕大的水珠从枝头滴落，砸得雨伞砰砰响。

登山路上，他常兀自想得出神，不知何去何从。他心生梦幻，眼中的葡萄园似乎更加宽阔。有时，他也会无精打采，百无聊赖。雨中的松林苍翠，水滴顺着荆豆丛淌落，泥土闻上去一股腐气。

到了山顶，他坐在一块石头上休息。月升日落之间，景色一览无余，里面坐着布林克斯，好像一道影子。等坐够了，他又重新上路。一天，他正从岩石上站起身，却听到一声叹息，只见一轮乳酪色的月亮自海上升起。

七月三日

我在巴尧特咖啡馆的露台里遇到了巴拉盖尔先生。他穿着短袖衫，正在喝冷饮。

“你再也没来法院……”他笑着对我说，“怎么，你不愿看正义是怎样伸张的吗？”

“我很愿意，先生。不过坦率地说，我发现，离得太近，就会看出正义也有缺陷，相反，要是离远点儿……”

“我懂了，你这个人细致周全，凡事要好……”

“巴拉盖尔先生，别把我说得这么不幸……”

“你看，你要是一直高高在上，不愿走下塔顶，生活中就会有许多烦扰。正义，离近了就跟别的事物一样——无论男人、女人、吃饭、这要命的大热天，还是这杯刚上来的咖啡——近看就是一坨……”

七月八日

戈理，大概读了时下某个诗人的作品——我怀疑是胡安·拉蒙·希门内斯[①]今天晚上带着一种他所谓现代的敏感待在咖啡馆里，似乎没什么劲头。

“请你们设想，”他说，“这些诗人想让我们为任何最不值一提的鸡毛蒜皮情感激扬，企图用这些琐碎软化某一类人。这类人即使面对亡故乃至更沉痛的事件也不会动心。这些细腻敏感的诗人在街上看见一块裂缝的窗玻璃，就会心潮澎湃，不可自制……”

他停了停，接着说道：“不过也可能不像他们所说的那么澎湃……谁知道呢！”

① 胡安·拉蒙·希门内斯（1881—1958），西班牙诗人。

七月九日

托尔斯泰在文思衰竭时写下了《日记》，一部伴随着对死亡的焦虑而成的著作。他似乎常在夜里写作，记录当天的所得，并在搁笔前写下第二天的日期，再附上三个单词的首字母，意思是“如果明天我还活着”。我不认为他的焦虑有什么不可理喻。我唯一要说的是：这是一种无用、可怕、令人难以承受的执迷。

七月十五日

我趁着一场暴雨后的凉爽去了田庄。我花了两三个小时翻查文稿，倒腾抽屉，结果证实了自己原来的设想：祖上的人们对书本没多少好感。我找到几本旧书：一本画风粗野的插图版《伊索寓言》、一本一八一四年版的瓦尭特《加泰罗尼亚语语法》以及几本路易斯·比维斯[①]的《对话集》。

还找到一些父亲和马尔蒂叔叔上高中和大学时的书，另有四十多本弥撒经文，是埃斯岱瓦·卡萨达瓦伊先生的。再没了。姑且不客气地说，我这个二十岁的人所买的书超过了前十代乃至十二代的总和。我不知道这算不算是家族走向康庄明智的征象。或许还是尤伊莎姨妈有理，她每次看见我“又”拿回一本书，就开始念叨：“花这些冤枉钱……！”

① 路易斯·比维斯（1492—1540），西班牙人文主义者、哲学家。

七月十七日

药剂师阿尔迈达买下了镇上的卡萨沃药店。他来自吉罗那，爱摆架子，偶尔参加我们的朋友圈。他很瘦，有只醒目的鼻子，黄头发，近视得厉害，戴一副金边大眼镜，看上去沉稳、专注而精细。他头发油亮，衣着讲究，裤线分明笔挺。或许，他为了让裤线像铅垂一般直，每天晚上都会像女人一样细心地把裤子搁到床垫下面。留着一把刷子胡①。

药剂师说话常爱走小辙儿，面对异性尤其如此。“您这个小疙瘩儿，”他对一位女客说，“得搽这个小药膏儿。”还有“晚饭前用小勺儿喝点儿这种小药水儿”。他讲这些小字眼儿的时候，腔调就像挠痒痒，委婉动人，令人信服。可惜他鼻音稍重，而且为了不露出本相，得努力避免接连讲他那些讥诮挖苦的小玩笑。他善作温文之态，给许多人留下了真挚款诚的印象，让人家以为他是个天真汉，甚至勾得一些妇女想象他穿短裤和水兵服的模样，一身儿童

① 译按：因为是日记，作者行文较随意，此段结尾可为一例。

打扮。

他跟朋友打交道的时候是个冷漠的泼皮。他是吉罗那人，而且是个老成的吉罗那人，所以更显得冷冰冰的。他头脑清晰缜密，是个种情老手。他的基本观点是，情爱之中如有丝毫算计就会失去风雅。他说，感情中有了交易，即便是一串烤肉，就不再是感情。他的生活常态就是胡乱与人私通，有时惹得麻烦缠身，有时很不痛快，挨棍子也已不止一回。好在他收买了门房和夜警，所以挨打的事情从未被张扬出去。总之，他是个纯粹的理想主义者。几乎可以肯定，比起占有女人，他觉得给丈夫们惹麻烦更加有趣。有一天，他在咖啡馆里谈起了为这一爱好所投入的毅力和耐心。他带着平日那种冒酸气的殷勤，瓮声瓮气地说道："难道还有什么比这更美妙的事情吗？"

八月四日

巴尔达的悲剧。

这是个老故事了，每次听人家讲，我都会感动。

巴尔达日子过得很快活，像水里的游鱼。他有妻子和两个儿子。妻子在卡莱亚一家简陋的腌鱼厂上班，身上总冒着一股腌鳀鱼的味儿。两个儿子常在海滩的岩石堆里捣腾，用些莫名其妙的家伙钓鱼。他们夏天去树林里烤松果，或者一整天待在装鱼的黑木桶里。两人皮肤黝黑，长满鳞斑，成天一丝不挂地在港口里晃悠，要么调皮捣蛋，要么迎着太阳扎猛子。

巴尔达是个好渔夫，而且懂得驾船以外，还会做饭。每逢重大节日，他总喝得大醉，喝醉了就不免把妻子暴打一顿，直到她已遍身青紫和咬痕，才心满意足地去酒馆唱自己最喜欢的《荒年令》。在余下的时间里，巴尔达在家是个好父亲，在外谨慎而理智，从不得罪人。

巴尔达很健谈，嘴里总有话说，所以常跟避暑的游客闲聊。一天，一个戴草帽的先生——那种总嫌自己的坑骗手段还不够高明的人——问道："巴尔达，你识字吗？"

“是的，不走运，我识字。”

“巴尔达，你在说胡话吧……”那位先生皱起了鼻头①。

“说胡话？”巴尔达带着不屑的眼神反问，“不，先生，我知道自己在说什么。”

“既然识字，”游客稍稍缓和了语气，“能说说你读过哪些书吗？”

“我一本也没读过……过日子还不够叫人忙的吗？”巴尔达抻着脸，悻悻地答道。他的眼神和善得像条狗，满含着人情味儿。

“你真是头蠢猪，巴尔达，是头蠢猪！”那位先生很以为不齿，臊红了脸。

这番对话成了避暑营地里的谈资，最后游客们一致认为镇上的人都没有半点儿文化。巴尔达的荒蛮在外乡人之间不断传开。这件事谈得多了，也传进了咖啡馆，成了常备的话题之一。大家说起巴尔达，无论是说他哪回牌运好，还是他用延绳钓到了石斑鱼，会经常插进一句：“巴尔达这蠢猪……”

“蠢猪事件”被传得沸沸扬扬，巴尔达家里开始遭殃。没出两年，他妻子跟一个穆尔西亚的缉私员跑了。那是个神情忧郁、胆汁过剩、脸皮像杏仁饼的家伙，总驾一艘小船出海，在本地很有影响。巴尔达的大儿子效忠国王时死

① 原文作“鼻头上有只苍蝇”，形容人生气的样子。

在炮手的吊床上，另一个得了什么性病，成了瘫子，被送进了吉罗那医院。

孤零零的巴尔达只觉得天塌地陷，一蹶不振。他胡乱吃些东西充饥，因不敢开启荒废的家门而留在海滩的船底下过夜。他既没心思唱歌，也没心思去暖和的咖啡馆或者酒馆里喝上一杯。

他心伤难平，所以最终打算做个了断。他回到家，见四面的墙皮好像冬天的桉树一样剥落。他打好一个包裹，敞着家门，去找镇上的牧师。

“我要走了，”他说，“我来把我头上那块坟地卖掉。”

神父大吃一惊。

“上帝啊，这种东西哪儿能卖！”

“有什么不能的。我要出海，什么也不想留在地上。”

“你真蠢，巴尔达，真是头蠢猪！”神父摇着头，一脸无奈。巴尔达以一种天真的高傲举目相迎。

神父拿出一些钱，他接了过去，回家取了包裹又出来。他去广场和凉篷看了一眼，到水池边喝了口水，最后穿过镇子，进松树林去了。

暮日西垂，一艘艘小船正乘着西风返航。各家门前涂上了一层厚腻的余晖。妇女们在炉灶前忙忙碌碌。田地里升起一团蓝色的雾气，第一颗星正熠熠放光……

八月八日

海。

海浪，或绿或蓝或白，看上去一成不变，似乎在磨砺我们的心灵，化解物我的宥见，使人忘却形骸，如痴如醉。或许正因为如此，人在面对大海时唯一的立场只有静观。

难以数计、变幻莫测的海能够竭尽我们的想象。当人神思枯涸，海便复归于本，单调，混一。起初，海凌驾于心灵之上，催生人的快意，而后又给我们增添不可名状的愁绪。

为了化解这一局面，我们得找到一个适当而明了的字眼来形容海。可每当似乎有所心得，那思想便如一缕飘风或者海中的涡流，瞬息即逝。

暮色将尽，自陆上扬起了风，近岸的水浪奋身扑入海里，踊跃而去。

海浪打上沙滩，沙色如初耕的田地。袭袭海风偃向水面，拂起重重波折，明暗错落，散漫成趣。水波骤起，颤颤如受惊悸。海平线悠长深远，上有一道乌云与之相平，看似一条沟堑。乌云接海处，和着一团黄光与一片蒙灰的淡红。海境之内众浪奔走，纷纷扰扰，互相追逐，数个浪头上常又起一浪，仿佛翻腾的鲸背。天际黑红，如未熄的炭火。海浪汩汩，远赴天边，无声的表面更显孤零。夜黑时，连岸的寂水仿佛一处秘境，攫人神魄。

八月十七日

空气凝重，天色昏暗，沉沉如死。海平线上浮着一层雾，有时隐约看似一块陆地、一片缥缈的蜃景。西面吹来微风，带着潮气。圣母节的喧嚣似乎仍在继续。

下午，在卡纳岱依出了一桩意外事件：佼安诺拉先生在自家小院架起了望远镜！

佼安诺拉先生是帕拉弗鲁杰本地人士，在巴塞罗那开有一家药店。他为人绝对守时，有一套时间章程统御全家。他对于物品的摆放也有偏执，必须一切严格精确。他今生的理想是：各得其所，各安其位。他家里有无数小抽屉，内中物品分门别类，各自贴着标签：瓶塞、图钉、五金、贝壳、钉子、绳子……安排得无可挑剔。

乍看起来，这样一个人应该不会有什么好奇心，因为秩序若不能平定纷起的杂念，还有什么用呢？其实，佼安诺拉先生向来极具好奇心。每当有陌生的船只驶过，他便取出望远镜进行一番相应的观察，以了解来龙去脉。不过这种情况很少见，因为佼安诺拉先生是个海事迷，对在本海域航行的各种船只几乎无所不晓。所以，他取出望远镜便意味着有新闻——这在卡纳岱依可算得一件大事。

佼安诺拉先生的望远镜装在两只木匣里。木匣表面经过磨光，触手细腻怡人。其中一只盛放镜筒，衬着绿色毛圈布，像一只小床；另一只装三脚架。他开启木匣时极其谨慎，一定要使用手指肚儿并且依照一系列程序：先将三脚架展开，安放到合欢树的阴凉底下，再喜滋滋地将镜筒移出小床，用绒布拂拭一遍，最后以一种无比的镇定和娴熟旋置于三脚架上。于是万事俱备。

望远镜装好，佼安诺拉先生会从院子回到屋里，穿过餐厅时，几乎总会遇到坐在摇椅里的妻子。她倚着靠枕，忍受着经年不愈的头痛和神经痛。

佼安诺拉先生头顶空空地进屋去，出来时已戴上了一顶日本式帽子。帽檐光洁无比，款式极像海军军官帽。但是佼安诺拉先生连商船也没上过，所以只戴一顶日本帽。

他戴好象征身份的帽子，将帽檐稍微歪向一边，然后像要掷铁饼似的弓起身躯，眼望镜头，调整焦距，锁定海平线上的船只。那艘船一定是独一无二、前所未见，所以才用得到望远镜。

消息传遍了卡纳岱依，大家（尤其小孩儿和年轻人）跑过去，在小院子的围栏间探头探脑。佼安诺拉先生把望远镜拿出来了！妈妈，佼安诺拉先生把望远镜拿出来了！有艘少见的汽船，可大了！望远镜！望远镜！场面乱作一团，数不清的人从街上呆看着佼安诺拉先生如何使用望远镜。

突然，一位小姐说道："他为什么不给咱们看看呢？"

众人脸上闪过一道笑容，随即占满了小小的院子。再一转眼，望远镜四周已围上了一圈人，毛手毛脚，大呼小叫。

"给我看！给我看！我也想看……！"众人推搡起来，声音越来越大。眼看局面就要失控，突然，一只手罩住了闪光铮亮的黄色镜筒。佼安诺拉先生气得声音发颤，紧张地喊道："谁碰一下望远镜，我揍烂他的脸……！都想干什么，不要脸了！请你们都放尊重点儿！"

在一片沉默中，他用绒布拭去了镜筒上亵渎的手印儿，然后平复了气息，说道："我们按顺序来，大家排队！这才对。您先来吧！"

众人一个接一个，轮流把眼睛放到望远镜后面瞧了一会儿。

"看得清吗？"

"是的，先生，很清楚。"

但是随着队伍推移，大家脸上渐渐显出了失望的神情。眼睛适应了镜头以后，只看见模模糊糊的一团在天边忽闪，根本不成形状。实事求是地说，大家什么也没看见。

"你看见什么了吗？"

"没，你呢？"

"说实话，我也没有……"

最后，有个胆子大的问佼安诺拉先生："先生，您看到什么了吗？”

“我原先以为看到了一只汽船的烟囱和浓烟……后来又觉得不太像。其实我没看见什么……”

“这算什么？望远镜看起来倒是挺不错的……”

“望远镜当然没得说！我说老实话吧，这次是假警报！可谁能想得到呢！”佼安诺拉先生脸上有些挂不住，底气也有点儿不足。

大伙儿扯长了脸，离开院子，慢慢散去。佼安诺拉先生拧下望远镜，装回木匣，拿进屋里，然后把日本帽挂在衣架上。就这样，我们在卡纳岱依烂漫地度过了暑假。

八月二十二日

埃尔莫斯坐在沙滩上，弄好了一条延绳。他冲我吆喝一声，我走了过去。他摘掉帽子，露出长长的光脑壳，头皮白里泛黄，表面渗着些许细小但颗粒分明的汗珠儿。他长相很凶，乱蓬蓬的胡子，翻着鼻孔，耷拉着嘴，一脸猴相。

“他们说仗已经打完了？”

“一位穿皮鞋的先生在咖啡馆里说的……”

“啊呀，上帝，行行好吧！”

他好大一会儿没作声，然后又说道：“这可是个坏消息。”

“仗打完了是坏消息？”

“没错，打仗的时候才有鱼。”

“啊？什么？”

“跟你说，真是这样，这是经验！我做了一副新网，才刚要给它上颜色。要是不打仗了，安歇吧，渔网，半条鱼你也见不着！鱼就喜欢噪声、大炮、祸乱……”

有时，与人交往实在是一种压抑。

埃尔摩斯说着话，渐渐露出难过的眼神。这说明他已经相信了战争结束的消息。我感到更压抑了。

八月二十八日

我在卡纳岱依的童年时光中，音乐占有一席之地。

当时使用最广的乐器是脚踏风琴，最能叫人闻而起舞。不过我对那些尖锐刺耳的成串音符没有什么印象，只记得给舞场照明的煤气灯的怪味儿。

不过，在卡纳岱依还有件值得一书的事情：贾努维尔家的钢琴。弹琴的是家中年龄最长的一对儿女：玛丽娅和奇谷。当天气晴和，有时在赤日当头的上午，有时在温柔宁谧的黄昏，远远传来的琴声，令全镇屏息凝神。人们经过贾努维尔家门前，会自动踮起脚尖。

玛丽娅和奇谷常在一楼的一间小厅弹琴。厅里有扇朝街的落地窗，远远可见两人的身体在钢琴前绷得笔直，活像两架机器。他们热爱高雅音乐。玛丽娅除了弹琴，还唱几首轻曼缥缈的桃色小调。奇谷只要面对曲谱，就会不知疲倦地活动手指。低俗音乐往往娱人耳目，表演者因而多不知节制。演奏高雅音乐的则较为保守、深沉和谨慎。按照曲谱上的各种符号演奏并不容易，可是奇谷和玛丽娅却能得心应手。若有朋友温和有礼地前去对他们说：“啊，奇谷（或者玛丽娅），请弹那首狂想曲吧……！多么动听！”就可以看到一幅振奋人心的场面：两人走到琴边（即使他们不很得闲），在键盘前摆好姿势，打开曲谱，开始弹李斯特的《匈牙利第二狂想曲》。演奏前，两人为了沟通默契，互相注视，起初目光严肃，随后化作一丝郑重的笑意。小厅里鸦雀无声，人人凝神侧耳，脸上都带着聆听杰作时所惯于摆出的那副苦相。《狂想曲》自琴中响起，音色明快，又带着小资产者情调的克制。

这首曲子要求很高，难于演奏。据说那些高潮乐段能让人起鸡皮疙瘩。如果没有旁人，或者听众凑巧是些内行，不再一脸痛苦而是气色沉着，两人还另有一曲大作——贝多芬的《月光》。若说《狂想曲》是一个劲儿弹动手指，《月光》则是感情活儿。二者会合，形成一个完整的音乐小天地。

就这样，未成年的我在卡纳岱依听《狂想》和《月光》听得发腻。这一章雅乐将会终生浮动于那段回忆中，抹也抹不去。只要我住在卡纳岱依，这乐声便会牵动我的心，就像米粉膏和广藿香的浓香、醋油烧烤沙丁鱼的味道、保罗·波尔盖特的小说，还有几个形象已模糊的姑娘难得一窥的腿肚儿。

八月三十日

圣罗莎日，我妹妹的圣名节，雅弗朗克的镇庆日。

下午到了海边，沙滩上已经停满了好大一片农家的篷车。农民来这里洗脚、浸浴牲口和露天晚餐。赤日灼灼，西风刮得物品乱飞，一派高傲之象。金沙碧松间，似乎来了一支游牧族，面朝大海扎下了营盘。

西风的潮气弄哑了萨尔达纳①乐队的演奏。从那些硬邦邦的木头和金属乐器里飘出的音乐听来竟像是酥皮点心。乐队吹奏的音量和乐手涨鼓的腮帮不成比例。他们玩命儿似的吹弹，可是西风暗挟的潮湿令乐声支离破碎，有气无力。

农民们趁着日落月升之际，从篷车里取出一口大锅和一个六磅重的黑色大面包。众人把锅搬到沙滩上，围成一圈。掀开锅盖，漫出一股烤鸡的气味，令人精神一振。每人都在脖子上系一条大餐巾（大概不是最重大的节日）。姑娘们的衣装红黄不一，鲜亮照眼；小伙子们穿的是白色短

① 加泰罗尼亚民间舞蹈。

袖衫。分鸡肉的时候，大锅周围悄无声息。大家右擎鸡腿，左举大块面包，嘴里利落地咀嚼食物，不时将迷醉的目光投向大海。束腰而广胸的中年农妇们坐在宽大的裙幅上，好像一只只南瓜，嘴上嘱咐着几句明显的废话，一派农家作风。

“都当心点儿！”其中一名妇女说道，“小心烤肉里别掉进沙子，能硌坏假牙！”

天黑以后，从海边能看到人们在跳过街舞[①]。各家的煤气灯环成道道光圈，从中可见一团泛红的尘埃在行进。乐队在前，哼哼似的吹打着“微风、微风、晨间的微风”。本地的青年你拥我抱，互挽手臂，四六成行，随机械的旋律跳跃。一座座楼房上洒着泛蓝的光，乐队从各家门前松树的黑影中穿过，再经过数条最幽暗而应景的小巷。有时，一人跌倒，后面随即接二连三地倒下，叫人觉得既害怕又好玩儿。据博学者言，过街舞承自古代酒神庆典之遗风。假如果真如此，那么如今这节目的味道已经大不如前。现在大家只喝汽水和油莎草露，充其量喝点儿加橄榄的苦艾酒。人们发明这套游街的把戏，似乎是为了让那些羞怯的男人借机搂抱某位适龄待嫁的姑娘。

从暗处回到平常的灯光下，透过尘埃，可见一张张朦胧的面孔。姑娘们满脸春色，双目炯炯，身躯颤颤；小伙儿们手足无措，汗液淋漓，嘴里发干。随着一杯汽水兑啤

---

① 一种西班牙民间舞。

酒下肚，一切烟消云散。

绝对值得欣慰：这片土地上道德伦理日渐严谨，越来越——如金融人士所言——“可敬而可靠”。

此后的雅弗朗克镇一片安详。待到晚餐时分，碟碗刀叉之声直达街心。潮湿的西风依然恣意地吹，松脂的气味混合着烤鸡的馨香。此时，农民们躺在沙滩上，一旁撇着空空如也的大锅。他们半睡半醒，仰望不时地为行云横掩的依稀的星斗。

农民舞会开始得很晚。大家站在一个小伙儿跟前，他头发拳曲，神色飘逸，正同一个穿金黄衣裳的小姐试着跳时兴的阿根廷探戈。这便是雅弗朗克节的尾声。

清晨，我没来由地感到一阵精疲力竭，一步一挨，回卡莱亚去了。

九月三日

战争打了四年多——确切地说，四年零一个月。兵燹造成的死亡、痛苦、破坏和毁灭是无法计量和形容的。亲法派和亲德派之间的争论已经消弭。没有人能较着劲儿过上四年。人们想的是发财……反正总会有明天。假如战争不像宇宙中其他现象一般混沌无觉，而是遵照一系列明确的意志，它将比任何事件、论辩乃至巨石压顶都更能清楚地体现人类的渺小。人类的渺小不可言喻，无论思想与否、信仰与否，都无关紧要。

看到那些罹难于战祸的当事人，场面令人夜不能寐。现在正有一批数量可观的人——暴富的新贵——在整副整副地更换假牙：金的、银的、瓷的都有。有人是天生的马脸，有人则是因为口中添了一副不成比例、堪配马嘴的牙齿。再过几年，这些人如果听到“凡尔登”，会想：“凡尔登，凡尔登，对了……我就是那时候装的假牙，结果太重了，又不得不拿掉……”

九月五日

我常常自问这些日记是否真诚，换句话说，是否完全是内心的实录。

首先要提的问题是：内心能够明言吗？我指对内心清楚、圆贯、合乎理智的描述。纯粹的内心必须完全自为、判然不群，不受任何拘执，其生成犹如脏腑分泌津液。假如一个人拥有某种语言词汇，能够有效地对这些津液加以形容，问题也就不复存在。然而既不存在直抒胸臆的文体，也不存在一语中的词汇。纵然如此，我们且先假定可以明言内心，那么又有谁能够理解呢？内心岂非独一无二、唯我所具、全然个人的吗？谁能想象心的模样？我们每当理不清心中的迷雾，常常会说“反正我自己明白……”醉汉不也是这般口吻吗？我认为，心之所以不能明言，是由于缺乏表达的工具。心的外在表象实际上是不可言述的。您只须想想传统文体、正字规范和常用句法，想想它们伪造和扭曲心灵的巨大力量，想想人们在表达思想时各种避重就轻的尝试和浮光掠影的描述。

倘若上述理由仍不充分，人心中还有各种克服不了的魔障：虚伪、造作、教条、自私、攀附、嫉妒、怨恨、卑躬、软弱以及贫富的影响……也就是说，一个人从晨起到夜寝，时刻受累于情和欲的琐碎。内心陷于种种魔障的左右，便难免自相矛盾。例如，我在公开场合或者写作的时候，会着意抗拒因色欲而起的淫思，而实际上，我是只情难自已的小牛犊子。我有时会独自发笑，有时会无缘无故地落泪，却又在人前极力主张和捍卫理性。我曾经走进教堂便泪如泉涌，读书、看戏、翻阅日记时也有同样的经历。翻翻日记也会哭，这岂不好笑？然而确有其事。另外，我稍有为人强项的名声，借司汤达的话说，是个“tête brulée”[①]。实际却大不相同，我面对许多事情都会软弱得可笑。血滴、疼痛、死尸、世间的不公、朋友的不幸或者一双哀怯的眼睛，都会令我陷入一种病态的无力、一种甚至能化作切肤之痛的感觉。其实我只是因为羞耻心已经萌醒，要在人前逞强罢了。

寻常之人，唯有时时自若，才可谓率真。如果依然人前背后，如果不能始终物我两畅，他便无缘谈及真实的内心。

唉，对于心，该做何想？该作何想？该作何想？

---

① 法语，犹言“愣头青”。

九月六日

我。

我在咖啡馆一再地说：我是极少有虚伪心的。朋友们对此大概都愿意相信。回家以后，我对镜而立：在卡莱亚晒得黑亮的皮肤，雪白的牙齿，我自觉相貌不凡。

妹妹玛丽亚跟母亲走在骑士路上，停下来看本镇摄影师的街头展览。

“太丑了！这些人居然还敢拍照，真叫人想不通……”我妹妹脱口而出，不过带着一丝醋意。母亲拽了拽她的衣袖。

我和父亲经常争吵，没完没了。双方几乎没有能够互相理解的事情。

时过境迁，观念思想必定不会一样。凡事都是相对的，就社会而言，在菲盖拉斯的真理到了白碧尼亚就是谎言，一九〇〇年信奉的教理到了一九一八年便成了论题。

我的话似乎说得过于客观和冰冷。我们深知世代间难免有不同，到头来还是要争个是非高下。这样的争执很幼稚，可是我们却免不了自寻烦恼。

这是共同生活的宿命，而最终会化作一个无解的难题。人们相距越远越相亲相爱，接触越多越相鄙夷。

此外还要涉及教育。本地的教育要求，出门在外时要跟外乡人和平共处，回到家里则要猫狗也能聚头。我只要怪脾气不改，能与思维截然对立的人相安无事，相反，却会跟父亲为了鸡毛蒜皮争吵起来，虽不至于火冒三丈，可也难免言语相讥。微末之事也能给我们火上浇油。可以说，我们的争论全属自发，仿佛服从于某种无意识的力。

上一辈的长者维护既成，当下的年轻人拥戴理想。后生认为前辈过于贪图安乐、近乎虚伪，老人则认为小子们狂悖无度。我觉得，有些地方，相对容易接受年轻人的原则，而另一些地方，例如我们镇，则是僵化自封、水波不兴。镇上的日常交谈中充斥着古来的断语，什么“怎么拿来的，怎么放回去”、“常在河边走，哪能不湿鞋”。我一听这些老生常谈就按捺不住。

然而，经过冷静的考察，说到底，这类争论都带些孩子气。我跟父亲有时三四天不讲话，互瞅着对方，剑拔弩张。和好不过是表面亲热，不解决任何问题。我有时认为父亲恨我、瞧不起我；扪心自问，却又发现心底对父亲的爱。

这种形势若再掺进他人的议论，就会更加凌乱。

在别人眼里，我是个懒虫和可怜鬼。前一点大概不很确切，第二点则可能成真：我找不到出路，没有半点儿经世济用的才能，似乎跟钱无缘。倘若家人为我难过，我也能够理解。

玛丽埃塔祖母吃什么都得就面包。

无花果、杏儿、桃儿，就面包；葡萄，就面包；榛子、核桃、杏仁、栗子、果脯，就面包。蜜饯、杏仁糕，不管哪种甜食，都要加块面包。她喝一小杯醇葡萄酒，得蘸饼干。我们小时候去她家吃饭，她用最拿手的蛋糕招待我们，又说："就点儿面包，就点儿……"

她对面包的嗜好让我想到过去农庄里几乎唯有面包作主食的时代。

九月九日

我无所事事地在吉罗那过了一天。旅程往返的火车票是三块六，人人都觉得贵。我没有可比的对象，所以心里没数。活到现在，我还没赚过一分钱。金钱的重要难以尽述，这是明摆着的。我觉得自己至今还对钱的影响免疫。因此，我一方面好像缺点儿什么，一方面还保持着一种天使般的纯真。我柔弱、幼稚、漫不经心。

淅淅沥沥下着小雨，田间一层薄纱般轻淡的水气。远处的景物浮动在泛蓝的白气中。民房的烟囱里懒洋洋地飘出一缕缕烟雾。周围万物似乎都在寂静和暖中打起了盹儿。

雨中的吉罗那有种令人难忘的情致。透过潮气，老街上的滴水檐、年久的巨宅的金色石砖反出棕红色的光。玻璃被淋湿，攀缘的藤蔓滴着水珠。暗淡的空气中，大教堂的白石显出一种微微泛红的淡青色。万千形体似乎浑然为一，彼此胶漆。戴维萨公园的树木，绿中略带一丝暗红。在经年老屋里藏身的女子，个个显得饶有风韵。古意亦能催情。圣柏拉修道院一副驯良怯懦的乡下模样，单调地敲着它罗曼式的钟。

罗曼情调，罗曼情调……！狭窄的街道里晃动着雨伞，一路上坡显得行人的身影更小。大教堂里的气氛凶残可怖，肃穆得令人汗毛竦立。一种骇人的冷酷。那场面似乎在对你说：“唯此是途，别无他由。”多么狂热而坚定的信念。我来到回廊，潮湿的风清新爽肌。尽管四下有墙堵相逼，回廊却令人自在。从廊柱的空白之间，我的目光越过伽依甘茨，直达山色泛红的蒙锥克①，块块岩石点缀山间，色如干枯的百里香。我回到街上，道路泥泞，旁边有数家咖啡馆。我喝下两杯冷佩尔诺，味道甘醇，叫人心生凄楚。省城的灯火。黄疸色的电灯，灯光映照出垂落的雨滴。有许多人在凉棚下漫步，脸上是新鲜空气带来的惬意。从某个服装店传出一股羊毛味儿，意外地难闻。是冬天的气息……

归程的列车昏昏慢慢。三等车厢里的人们似乎受了什么惊吓，都默然枯坐，把行李搁在腿上，再用手按住，像是怕被人拿走。失眠的夜，精疲力竭。

---

① 位于吉罗那境内，并非巴塞罗那市内的名山。

九月十四日

我父亲小时候有个朋友，十几岁离开故乡，到吉罗那这座不朽之城学做小生意。此人叫拉蒙·果洛米纳。这位先生在瓦耶斯戴利亚路上有一爿经营完善的小店，出售纸张笔墨等文案用品。

我先前曾陪父亲匆匆拜访过果洛米纳先生一次——那种进出寒暄的探望，所以认识他。去看这位先生曾是漫漫吉罗那之行的一部分。就在这其中一次拜访中，我碰巧知道了一则与这位杰出人士有关的新闻。我说“杰出”，是因为父亲称这位店掌柜富有才干，德行高卓，可谓意志坚定、顽强不屈的典范，一名在各个方面都可堪效法的楷模。父亲用这些形容词时把字咬得格外清楚，分明有意训导我们。

初次见面时，我们得知他年纪轻轻就进了商店工作，很多年以后，娶了老板守寡的大女儿，最后岳丈过世，他成了掌柜，同妻子共有这份体面风光的小生意。

我们认识果洛米纳先生的时候，他已年逾半百，身材浑圆短小，皮肤很黄，表情有些暧昧，稀疏的黄发，蓝色的眼珠。当时是初秋，天气尚温和，他穿着一身衣襟极宽阔的西装。他讲话时有点儿喜欢指手画脚，所以总能叫人看见他那身出色的装束，不但是惹眼的扣式腰带，还有精致的背带。这位老板的体态暂且不论（开店人也有多种），主要是他的言谈气质，可谓不折不扣。我日后才明白，店家的胸怀是绝对专一，相信店铺是世界的中心、人间的重地，而且对自己的信仰不加掩饰。我不想对这种重要而光荣的阶层展开什么评论。它是绝对应当而且必要存在的，尽管对于我们这种不幸性情多变却又天赋诗情的人，这是个难以理喻、令人失望的阶层。

当餐桌上刚摆上咖啡壶、糖罐和几只小杯子，便响起了门铃声。果洛米纳先生仰脸露出一丝笑意，多萝莱塔太太入神地望着丈夫。罗卡先生从门外出现，夫妇俩热情地迎接了他。映着餐厅里有些昏暗的灯光，这位先生看来不像在街上那么奇怪——或者更恰切地说“丧气”。他笑吟吟地向我们问好，挺郑重地坐到桌前。多萝莱塔太太给他斟了一杯香浓的咖啡。罗卡先生成了那片小天地的中心，也让我得以摆脱那烦心的攀谈。

罗卡先生舒服地坐好。尽管这位法院代诉人受身材所限，高出桌面不及两拃，可是他的眼睛注视着在场的每一个人。他左翻右找，掏出一个烟盒，取出一支当时所谓的“小妞”卷烟。点燃以后，他惬意而温和地朝餐厅半空中缭绕的烟雾望了一眼。

“您带来什么好消息了吗，罗卡先生？”果洛米纳几乎急不可耐地问道。

“那件事情我研究过了，咱现在就谈……”

面对这神秘兮兮的开篇，我觉得必须声明自己不宜在场，应当回避。可是他们都说不必。多萝莱塔太太十分坦诚：“没什么，是店里的事情，关于那个伙计的。”她神色自若，令人信服。

“多萝莱塔太太说得一点儿不错，”罗卡先生接着说，“是桩不值一提的小事。不过我们得了解：眼下无所谓，以后可不好说。有句极有哲理的谚语：能织篮的就会编筐[①]。如果不注意，我认为是很不谨慎的……”

代诉人停了停，抽了口烟卷儿，兴致渐渐高涨，继续说道：“我刚才说，情况已经研究过了。咱的交情你们知道。我会开诚布公，把话讲得明明白白。”

“谢谢，罗卡老弟，谢谢……”果洛米纳心中感动，略一颔首，用一丝颤抖的声音回答道。

“首先，我得告诉你们，”代诉人兴奋地说，“我对法尔加斯在教士学校的经历做了调查，有了极其重要的发现。我拜访了多年前同学校有关系的巴司代伊先生，他确认认得这个学生。巴司代伊先生为人不太和气，接待我的时候很粗暴，一副臭脾气。我说明来访的事由，他想也没想就说无可奉告，又说如今时代变了，凭他那份薪水，根本没有义务时时关心教会学校里那些乱糟糟的麻烦事。神甫都很穷，薪水少得可怜。拿着微薄的报酬，却要照管许多事

① 加泰罗尼亚谚语，含贬义，比喻人做坏事一朝得手就会再犯。

情，这是很了不起的。‘我们一分钱也挣不着，罗卡先生，连吃饭都不够！’巴司代伊先生半闭着眼、哽着嗓子，对我念叨个没完。但是你们知道，我去见巴司代伊先生可不是为了讨论恩义局的预算。他说的那些事儿谁不知道？就因为一清二楚，所以谁也想不起来。于是我想办法让他冷静，对他好言相慰。你们可别以为简单，难着呢……好在运气不错，我试了半天，总算成功了。”

“这位巴司代伊先生是出了名的坏脾气，也只有您罗卡先生应付得来……”多萝莱塔太太受了鼓舞，在旁帮腔。

“夫人您太夸奖了！”代诉人谦逊地客套着。“我们知道，世上无难事，只怕有心人。我去看巴司代伊先生有明确的目的，怎么能不进行到底。我克服了开始的冷场，总算跟他谈到了正事。不过，谈话令人失望。巴司代伊先生几年前就认识法尔戈斯了。他说：‘那小子，且不管他穷不穷，根本不值一提。他对求学毫无志向，三心二意，爱慕虚伪。虚伪心有时能催人上进，可他性情浮浅，胸无大志，没有一点儿正气。他明显无意进取，学习不专心，又不守校规，所以开除他是自然而然，让他怎么来的怎么去。’”

“这么说，就是没有一点儿前科了……”多萝莱塔太太又搭腔道，显然很失望。

“是的，太太，是这样，没有任何前科，只有些小毛病，怎么说呢，芝麻绿豆。比如说，有一天从他单衣底下露出一张照片，是个农村姑娘，估计是在放假期间跟法尔戈斯偷偷有过来往。学校为此有所警觉，结果却是他的妹妹。还有一次，几个同学作证，说法尔戈斯收到一封神秘的来信，那种所谓不可告人的信。当时正是这位巴斯代伊先生处理此事，他的结论是整个事件纯属捏造，是个恶毒的小诡计，是小孩子的瞎胡闹，教士学校里的乌七八糟。”

“罗卡先生，再来杯咖啡……”果洛米纳一面说，一面手持咖啡壶俯向桌前。

“好的，先生，就一点儿，谢谢！太太，您的咖啡真棒，向来如此。非常感谢。法尔戈斯不痛不痒地离开学校，转入了您的商店，实际上，他从此才开始真正的生活，经历了巨大的变化。年轻人进了商店，就像三伏天一头扎进冷水，觉得浑身自在。他觉得什么都神奇，对什么都留意。我跟街区里很多认识法尔加斯的人谈过。进店后没几天，他在理发馆里说，前几年真是浪费得毫无道理。法尔戈斯的生活像是新树出芽。在他开始新工作以前，还有几道无形的箍儿从外到内地管着他，让他感到稍一伸展就会露出马脚。他大概克服不了这种畏惧，所以不敢明目张胆。随着环境改变，那些隐形的箍儿似乎开始松弛，他于是感到筋骨舒张，血脉通畅，就像从昏迷中苏醒一样。街道上酸甜的空气吹过他的脸，令他两颊泛红，双手发痒。对于法尔戈斯来说，生活变得一天比一天迷人。”

“罗卡先生，你的话非常准确……”代诉人的描述使果洛米纳大有感触，“我本人见证过多次……”

“那当然！小伙子发现了世界，长了见识。这么说吧，他驾着自己幼稚的想象力，晕头转向，绕着生活中的甜头打转。也许他不知道到底想要什么，眼前迷迷糊糊，只看见一团生活的云雾，只觉得有股劲儿搔弄着感官。他恍恍惚惚，丢了记性。说来可悲，贪心好动的人会轻易忘记自己所受的牵绊，而且健忘得可怕。细说起来，可能我这种老病号才是最有记性的人……法尔戈斯竟如此轻易地忘掉了过去，忘掉了从宗教中学到的理智。他假如有点儿头脑，就应该感到畏惧。他为了掩饰被开除的事实，不得不扯了几个大谎。虽是破天荒头一遭，却做得很好，脸不变色心不跳，简直是个行家，我是说，像个四十岁的成人。他来到商店以后，有时会遇到以前的老师。但他眼尖得很，能远远地看见来人，而且很会寻机溜走。一旦溜走，就可以把老师的形象轻易全抛在脑后。如果一时忘不掉，他就念上一句囫囵经文或者尖酸的笑话，抹掉心头的正念。我觉得，在他大开眼界的过程中，有个重大的变化：他可以正眼看女人了。偷窥的眼神更加火热，更有用意。正视能够看得完整，斜视则需要太多的想象。人往往想象力有限，所以还是踏踏实实、从头至尾地全看进眼里更让人快意。这跟咱们的话题没什么关系，我随便聊聊。我跟很多认识他的人谈过，所以摸得清他的来龙去脉。”

“您接着说，罗卡先生，接着说……”果洛米纳听得正过瘾，“我要是有您这份谈吐，会跟您解释得一模一样。”

“谢谢夸奖。我们直说吧，法尔戈斯由逐渐发现自我而意识到，凭着破烂的短礼服、衣领上打补丁的衬衫和踢踏作响的鞋，是什么也办不成的。他穿着那身衣服，简直没个人样。这一点我已亲眼证实。只要拿他以前粗野的德性跟如今俊俏和气的形象一比较就行了。他现在显得个子更高，脸上的红斑没有了，那对小眼睛跟短睫毛也似乎变得好看了。这不难理解，法尔戈斯是那种完全依靠服饰表现形象、思维和情感的人。这种人有的是，用不着多讲……他明显开始在衣服上大动脑筋。有段时间，他一再跟朋友们说穿着打扮多么多么重要。他觉得售货员的穿着有点儿俗气。果洛米纳先生，如果我说话太直白，您可得原谅：店铺能塑造形象。法尔戈斯是个纯粹的售货员，尽管刚入行，却已经沾染了店伙计的品位。他梦想买一件小方格礼服、几双红底白花儿的袜子、一条脚链、一件带红点儿的衬衫、一双橙色的皮鞋、一条油光发亮的领带、一顶帽子再加一只烟斗。法尔戈斯会想要这套行头，特别是其中几样东西，倒也不能全怪他，当时店里的伙计都开始抽烟斗。当然，法尔戈斯认为有只烟斗是个基本问题……好了，他没有钱，所以写信回家要……”

“是的，先生，是这样！我看见那封信了……！”多萝莱塔太太又帮腔道。

“再好没有了，太太！果洛米纳伙计，请再来点儿咖啡……咖啡是我的命……他给家里写了信，但是没得到答复。我觉得不是家人对他不理睬，而是根本买不起。几天以后，法尔戈斯原打算甘心认命，却惹出了乱子。果洛米纳先生，您能确定第一张五元钞票从抽屉里消失的时间跟店伙计买礼服的时间相吻合，是吗？”

“是的，先生，没错。”

“法尔戈斯行动时的环境我就不讲了，你们都清楚。我当时不在场，所以可能说不真切。这种行动一般需要长久的酝酿，最终决定却往往是在霎那间。您当时已经上楼去了……他又想拿又害怕。眼前是那些渴望的东西，而心里明白这一行为是多么严重。他可能暗自说道：‘果洛米纳先生不会注意，抽屉里的钱他有时候不数……就算发现了，他也会原谅这区区小事。’于是他心里的天平开始倾斜，被乐观迷花了眼。我敢肯定，他出手时睁着眼睛，似乎镇定自若，脑子里却炸了锅，出了店门以后才冷静下来。后来，当您发现钱少了，法尔戈斯正拎着一只盒子回到住处：是他梦想的橙色皮鞋。”

最后这段话特别受到果洛米纳夫妇的赞同。随着罗卡先生抽丝剥茧，多萝莱塔太太和果洛米纳先生不住地你瞧瞧我、我瞧瞧你，目光中既有同意又有赞叹——为如此分明的剖析而赞叹。

“现在，果洛米纳先生，要是您同意，”代诉人又接过话头，“我们就来谈谈您在初次案发后的——可称之为——对策。您对后来陆续的几次发现，也一再采用了相同的对策。首先，我要说，我对您的做法完全赞成。我认为，要寻根究底、抓住典型，就应当这样着手。初次案发后，您有两条路可走：把他叫来，声明事情的严重，让他反省……然后原谅他。假如您这么做了，结果会怎样呢？没用，毫无用处，良言从来换不得善果。面对这样一个没有理智的莽撞小子，说好话等于打水漂。最好另想主意，也就是您采取的方法。最好耐心等待，就为在柜台前捉住手腕，逮个现形。大家都清楚，对这类人不能讲中庸之道。应当等着出大事、一件值得办的大案，然后一经查明，便追究到底。刚才我已经说过：能织篮的就会编筐。只要你有耐心，这句话绝对屡试不爽。十块钱的案子不算什么，小偷小摸罢了。这只是个前兆，他迟早得露出马脚……我认为，因一时冲动打断事物的自行发展、令人不能展露本性，是错误的。能让人自食其果的方法只有一个。果洛米纳先生，你选择了第二条道路，我完全赞成。现在，最好请您讲讲第二天的情况，让我了解了解形势。”

“好的……上午，伙计按照一贯的钟点来上班，脸色好像比以前苍白，但是比平时爱饶舌，而且精神得多，说起话来也两样。他拉抽屉，结果拉到了地上。当时的顾客是个来买信纸的小姑娘，法尔加斯跟她大笑了一通，装得若无其事……他可能睡得太少，也可能怕被人看破，所以胆战心惊，想靠多说话和装快活来掩饰。当时我大概犯了个错误……那天上午，我有意对他和气些。他是个新来的小伙计，我先前一直对他干巴巴的，不怎么讲话。那天，为了把他稳住，我觉得自己应该温和些，就摆出一张好脸色，拍拍他的后背，还为他的笑话乐了几次。他肯定注意到了变化，所以更加疑心……”

“毫无疑问，果洛米纳先生，毫无疑问！”代诉人一脸稀奇的快意，神色焕然。

“我的和气让他更加紧张，”店铺掌柜继续说道，“不管谁来，法尔加斯都要开句玩笑，大都不是时候，而且过火。他每次拉抽屉放货款，都要看我一眼，一副担心害怕又紧张的神情。他那模样，不管您信不信，竟让我同情了一阵子。看得出来，由于我态度转变，他原来的猜疑变成了确信。几乎可以肯定，他确信我全都知道了。他大概会趁着絮叨的间隙自言自语：‘他都知道了，我被看穿了……！’为了解脱，他没准儿还想过招认。这个倒霉鬼可能琢磨：‘他既然都知道了，怎么还绷得住？怎么一个字也不提，不跟我要解释呢？反倒这么和气。为什么不直话直说，要求我当面招供，让我把脸面丢尽……为什么不揍我一顿呢？’法尔戈斯这番推测恰恰最让我同情……当时我已经决定：不能走错路子，要静观其变……就这么着，等到午休，我们就去吃饭了。后来几天，情况似乎平静了些。法尔戈斯见我没有反应，大概以为我全忘了……”

“请稍等，果洛米纳先生！”罗卡先生打断了他的话。“您可不能凭个人推断就以为事情完了。请听我继续讲吧。我已经说过，我曾经向一些认识法尔戈斯的人打听过，当然是旁敲侧击。我跟他的房东苔莱塞塔太太很有交情。初次案发的两三天后是个周日，法尔戈斯病了，躺了一天。苔莱塞塔太太到他屋里去，见他脸色苍白，气色颓唐，变得叫人认不出来。她询问情况，伙计回答说自己非常疲劳，只想一人在黑地里待着，请她不必操心。苔莱塞塔太太想不通，一个像法尔戈斯那样健壮的年轻人，没灾没病，星期六还兴高采烈，现在怎么会那么颓废。吃饭的时候，她给法尔戈斯送去一碗汤，他擎不住胳膊，浑身发抖，几乎连碗也端不起来。果洛米纳先生，您应当记得，法尔戈斯周一捎信说自己生病，没去店里上班……好了，照我的看法，本人愚见，病因显而易见：人的耐力是有限的，承受不住多少心事。法尔戈斯挨过了对他而言漫长的三天，终于支撑不住，垮了下来，不得不卧床休息。他半死不活，心惊胆战，精疲力竭。这难道不是道德意识起作用的最好示例吗？”

“当然，当然……”果洛米纳夫妇异口同音地回答。

“好，星期二他起床了，鲜花似的出现在商店里，仿佛什么都没发生过。我敢肯定，他花了很大的力气才从床上起来。他别无选择，无缘无故地告病等于招认。他是这么认为的，实际上也确实如此。无论如何，最好是到店里露面，最好确定没有什么变故。苔莱塞塔太太说小伙子的变化让她惊讶，既没吃药也没怎么饮食，却换了个人似的。他早餐胃口极好，而且一刻不闲地谈论街区里的一个姑娘，让其他房客都很意外。他说得好像那姑娘就在眼前，伸手就能摸到……这表明，他被心事耗尽精力以后，又恢复了感觉，又开始兴奋，又恢复了贪心好动之人的健忘。也就是说，法尔戈斯注定要再次作案。我讲得清楚吗？果洛米纳先生？”

“是的，先生，是的，再清楚不过了。”

“我是要让您明白，一次得手，就不免再二再三。法尔戈斯走上了下坡路，由不得他不骨碌下去。对于这一点，我希望您能加以证实：第一次失窃以后又发生了什么事？”

“两三个月里又出了几次……”

“几次？”

“三四次。”

“这就对了……！事情还在照常发展。说到这里，我补充一点：我原有一种让我忍耐不住的预感。我敢肯定，他后面这几回犯案，肯定比第一次更加心狠手辣。这没什么好奇怪的：他原以为事情必将败露，无可挽回，便索性认为事后辩解也是多余。他可能会想：‘就算事情张扬出去，又能有什么大不了的？’这种心态促使于他一张又一张地弄钞票……我刚才说过，一切进展正常，而且该收场了。应当耐心面对现在的局面，还要有点儿手腕儿。怎么说呢，应该让事情便于发展。您要是听我的，就总是在抽屉里留张大钞。最好让小伙子放开手脚，明白吗？得让他有机会不小心露出馅儿来。我已经万事俱备，就等您告诉我，在真相大白那一刻，这个欢蹦乱跳的小家伙脸上是副什么表情，到时候他就会知道旁人是怎么看他的笑话。”

“罗卡先生，”多萝莱塔太太问道，“这么说，你建议我们……”

“我刚才说过：就是等待，别泄气……忍！”

代诉人又啜了一口咖啡，喝了一口餐桌上的酒，点着一支“小妞”，带着他一贯的热情告辞而去。

诚然，法尔戈斯做了蠢事，犯下了可悲的错误，但是针对他所做的这番预谋，我一听就觉得是不赦的罪恶。我接连几个小时思索这件事，很晚才睡去。我越翻来覆去地想，就越觉得店伙计是个傻瓜，而那几位大人物所设计的对策令人作呕。罗卡先生建议时的冷颜无耻以及店主人的言听计从，比法尔戈斯幼稚的虚荣心更加恶毒。非但不因事对一个人妥善地加以劝导，反而利用精心策划好的事件残忍地把他毁掉，我认为这是大错特错的。

第二天，我给父亲写了封信。当时，我一有难处，首先要做的就是给父亲写信。我写得好像要火烧眉毛，费了九牛二虎之力将事情概括一遍，最后总算说了个八九不离十。讲完经过以后，我说最好紧急通知法尔戈斯的家人，让他们找个借口带他离开商店，回老家去；这关系到他们全家人的安宁。

圣诞节期间，我总算有机会得知了结局。父亲收到信，出乎我意料地赞成我为店伙计的事情操心。他很快找到了法尔戈斯的家人——是家农户，住在郊外，种着一片地，挺穷。父亲并未亲自插手，而是与调解法官谈过（他的好友，退休医生，社会-农业联谊会的一员）。闲来无事的法官出于一种同乡情怀，兴致勃勃地处理此事。这种情怀在我们这里一向靠得住，法官一发觉能为同乡出点儿力，就迅速开展行动，传唤了法尔戈斯的父母。二人战战兢兢地来到法院。本地的官府大都叫人害怕。几个小时过去，案子越拖越长，人们的热情渐趋淡薄，结果弄得一切都模棱两可。法尔戈斯的父亲脸上装得很用心，听完了法官的建议，最后其实无动于衷，或许根本没明白是怎么回事。他是个专门种地的庄稼人，唯一的心思是家里的破田地、吃的面包、喝的红酒还有世代的贫穷。他女人反应非常不同，全神贯注，一声不吭，难过地听着。

十一月中旬阴阴惨惨的一天，这名妇女挎着一只带盖儿的柳条篮来到吉罗那。她身穿黑衣，头扎一条手帕，结在额前。她身材小而圆，双颊粉红，满头白发。她从车站来到儿子的住处，可是法尔戈斯已经到店里去了。她没预想过这种情况，本以为和儿子谈上三五分钟就可以把问题了结。不得已，她也来到了商店。

“太太，您需要什么？”果洛米纳先生见她站到柜台前，和气地问道。店里挺冷，他一面说话一面搓手。

“我想跟我儿子讲几句话，他叫法尔戈斯，在这儿上班。”

“他出去一会儿，耽搁不了多久。您有什么事吗，太太？见到您真高兴……”

“我也是，果洛米纳先生，我也是！家里缺人手，所以我来找他。我们得撒种了，他爸顾不太过来……”

“可是太太，这实在太突然了……”

“果洛米纳先生，撒种这活儿可不等人，不管怎样都得干，等不得……还有，这孩子表现似乎不太好……”

“太太，谁告诉您他表现不好？”果洛米纳先生问道，心里像挨了一鞭子。

“我这么想来着。您知道，这些年轻人都没脑子，眼眶子又浅。这些倒霉孩子，有时候连面包是啥味儿都不记得。”

“既然您开口了，我就直说了吧。对，您儿子表现不太好……”

从老农妇的白齿和粉颊之间露出恬淡的一笑。

“我早就心里有数，果洛米纳先生，一点儿也不意外！您说我欠您多少，马上咱就两清。以后井水不犯河水，什么话都不用再说了……行吗？”

“可是太太，眼下事情还没到这一步。”

“您说眼下是什么意思？”农妇突然变了脸色，答道，“难道您以为这种事情能等吗？我告诉您，一分钟也不能再等了。您是怎么想的？我来找儿子，拖也要把他拖回家去。果洛米纳先生，您说吧，我欠您多少，马上咱就两清。”

“太太，您什么也不欠我的……！”店掌柜由惊讶转为冷硬。

“果洛米纳先生，您别恼。您想，凡是能用钱解决的，都是好事。要是把这件事拖下去，麻烦才大呢。我估摸着欠您五十多块……您说是不是这个数……”

“可是太太，这钱您用得着……”

“我当然用得着，果洛米纳先生！您都想象不到我们多需要这笔钱。但是有什么办法呢？我已经习惯了。拿着吧。”

她打开始终挎在肘里的篮子，将几张叠得整整齐齐的钞票放到了柜台上。

“您收好！点点数儿！您说吧，咱们两清了没有？”

正在这时，法尔戈斯走了进来。他斜戴帽子，嘴叼烟斗——店铺伙计们常抽的那种怪模怪样、烟锅很浅的短烟斗。他一见到母亲，霎时变了脸色，僵住了。老太太看他一眼，脸上闪出一丝温情。她几步走到儿子跟前同他讲话，嗓音生硬却满含人情味儿。

“你怎么样，孩子？”她首先说，“我来带你回去，你在家比较好。你在这儿已经变成傻瓜糊涂虫了。你要是有东西要收拾，现在就动手，然后再去住处把其他东西带上。咱俩一块儿吃午饭。到圣奥古斯丁广场去，我在那儿等着你，不见不散……果洛米纳先生，随时为您效劳。祝您日安……”

她伸出手去，又干又硬，而果洛米纳的手绵软而温暖。

法尔戈斯立即忙活起来，低着头，机器一样默不作声。果洛米纳先生一时懵住了，连句整话也说不出。

老太太走出店门，明显一副自豪而满意的神情。事情与她设想的并不一样，她原以为儿子会拒不服从，果洛米纳先生则会顺水推舟；她以为店掌柜巴不得甩掉一个讨人嫌的伙计，而事实恰恰相反。这说明调解法官没有完全抖露真相，而是隐瞒了最丑陋的内情。不过目的已经达到了。

母子二人在圣奥古斯丁广场的一张长椅上用了午餐，对面是一九〇八年英雄纪念碑和阿尔瓦莱斯·卡斯特罗将军的塑像。他们从篮子里拿出两块面包夹煎蛋、两只无花果、四棵核桃和几粒榛子。天气正冷。

银灰色的天空冰冷而平静，像要下雪。老太太带着一小瓶玫瑰红。然后两人在广场的咖啡店要了杯热咖啡，等待启程。

两人乘上邮车，彼此沉默无言。他们坐进车厢，列车开动，老太太趁天色尚明，从车窗向外望去。农民正在播种，可见一片片耕过的田地。法尔戈斯将行囊放在对面的座位上。他穿着绣红的衬衫和橙色的皮鞋，一看就令人心寒。

九月二十八日

我不知道父亲属于哪个党派，很可能没党也没派。我觉得他一定想要个组织，愿望却一直没能实现。他一辈子都在寻找与自己最相称的党派，可至今没有结果，所以还得继续找下去。在安布尔丹，像父亲这种情况，比乍看上去要普遍。

父亲希望政治能够促进个人发展，能够广开财源，尤其要使农村致富，能使人们不再无知、琐碎、听天由命、得过且过。我觉得，他研读和思考过一八八八年以来所有亮过相的政治纲领，结果发现全都是一纸空言。他找不到能将自己的心愿付诸实践的党派，便游离于一切政治运动的边缘。

十一二年前，我刚上高中的时候①曾听他有言："这片土地百废待兴……"

现如今，我常听他说："在这里无可作为……"这些年里，他有过一次可悲的奇遇：巴尔斯镇②的稻米计划，旨

① 作者此时二十一岁，十一二年前不过十岁，当是笔误。
② 至今为稻米重镇。

在将大片荒瘠的土地变成丰产的良田。这一宏大的项目是若干世纪以来巴尔斯镇在农业领域里进行过的最重大的计划。我父亲在其中扮演了一个重要角色。他为这次冒险投入了金钱、希望，要不是上帝慈悲，简直会把命也搭上。他现在已经明白了什么是政治，以及政治在本地的巨大影响力。罗伯特伯爵一个简单的异想天开，再有蒙特哥利一班愚妄的朋友撑腰，便足以挑起一场荒唐、无谓而愚蠢的斗争，将一项足可施惠于民的出色倡议弄得一塌涂地。稻米的确是种下了，但这个本应造福地方的创举却造成了许多不可弥补的致命创伤。

有时我们谈起此事，我对父亲说："你们的斗争是反对那些遗老和右派……"

"当然，"他回答道，"他们是地主。不过我觉得即便对手是左派，局面也不会两样。"

"你这么想？"

"当然。你看，与本地的右派最相近的就是左派。他们一模一样，可以互换身份。他们吃过一样的奶，能有什么区别？用不着怀疑，分什么左派、右派，没用。"

"难道还有别的区分法吗？"

"当然有。依我看，有种更加深刻而准确的方法：把人分成智、愚、善、恶……"

"既然是这个世道，"我稍作停顿，接着说，"你有什么忠告？"

"没有忠告！"

“你怎么能不给我点儿建议呢?”

“没有就是没有!”

“狡猾还是正直，你建议我选哪样?”

父亲沉默了一会儿，定睛瞧着我，然后两眼望向地面。最后，他严肃地说:“别告诉别人:我建议你学得机灵些。话就说到这里为止……”

巴尔斯稻米历险的结局是一大团令人苦恼的文牍手续，对我的家庭贻害多年。

我不妨有话直说，就是这堆文件伴随我初涉政治，给我上了第一堂政治课。

十月一日

克罗米纳两杯朗姆酒下肚，又来了兴致，借着弗里格拉挑起的话头对戈利说："我们如果逐个仔细研究，就会跟普鲁东一样，自问财产的源头是不是抢掠。你看这些战争财……名副其实的臭钱。"

"我知道……"戈利似乎心不在焉，眼望着屋顶答应道，"难道你以为天下还有不会做贼的人吗？"

"绝对没有……！"

"既然如此，还有什么办法？一个人早晚会成为有产阶级，只不过是时间问题罢了……"

乍一看去，反对新贵的风潮四处高涨，充斥于各国的报端，大张旗鼓得就像要闹世界革命。这股风潮起不了任何作用，因为其中包含着许多嫉妒，而嫉妒改天就可能摇身变作奉承。假如现在双方将角色调换，局面还会一个样。

十月十日

戈利常说："夫妻生活能促人成长，是种很有教益的制度，为人类的重大发展奠定基础。要让生活节制有序，最好的办法就是结婚。不过，你一旦过上节制有序的生活就会发现，除太太以外，还有许许多多好女子，个个千娇百媚、令人过目难忘。"

"这个问题没法解决吗？"

戈利一阵大笑，不屑地摇摇肩膀，没有回答。

十月十一日

与我同龄或者年长一些的人应该都读过约瑟夫·儒贝尔[①]。他的作品不仅发人深省，而且饶有韵致。阿乌杰尼[②]一直坚持要我们读儒贝尔的书。这是我们欠他的最大的恩情之一。

“若将理性官能同其余一切官能隔绝，”儒贝尔写道，“人会使自己的精神之眼变得抽象。此时，一切最为真实的感觉和情感都值得怀疑、争论和批判。有人对你们谈论秩序和美？对理性官能而言，唯有是否、虚实和聚散。”

好吧……

“真正的形而上学，”儒贝尔总是说，“不在于使可感之物变得抽象，而在于使抽象之物可感，使隐藏之物可见，使仅可被理解的变得——如果可能——能被想象，最终使在感觉中流逝的变得可被理解。”

我们这种具有某项生理缺陷的人，理解不了形而上学。

---

① 约瑟夫·儒贝尔（1754—1824），法国文人。

② 全名为阿乌杰尼·多尔斯。

面对这个字眼，我体会到的是最难堪的尴尬。企图将人的心灵禁闭在形式逻辑或者任何一种体系的狭阈之中，在我们看来是可笑的迂执。对我来说，这是一段要紧的文字。我读到它时，就像当头挨了一记棒喝，尽管历经多年也不会忘怀。

十月十四日

我们这代人，我们这代加泰罗尼亚人，大概都读过比奥·巴罗哈的许多著作。我十七岁的时候曾经读得如饥似渴。可以说，他的小说我全都了解。巴罗哈的书影响了一代人，在 J.M. 萨伽拉[①]的散文中体现得尤为显著。萨伽拉作为诗人有一种不可混淆的个性，而作为散文家，他骨子里渗透着巴罗哈的风格。巴罗哈风格中的放任疏阔之于萨伽拉的麻木不仁犹如唇齿相依。

巴罗哈刻画人物难说无人可比，但他描写场景则无疑是西班牙语作家中的翘楚。他是个敏锐的现实主义作家，对阴暗的事物尤其敏感。他的小说几乎没什么情节，他的人物会令那些寻找情趣和悲欢的读者失望。然而，巴罗哈在小说里对同时代的西班牙生活进行了可叹的描绘。就此而言，众生罗列的巴洛克小说是一个特定时代的戏剧。他不加修饰的风格极适于刻画现实，远胜过加尔多斯的精雕细琢。新古典派称巴罗哈文笔欠佳，风格粗糙。他们当然

---

① J.M. 萨加拉（1894—1961），加泰罗尼亚作家。

会这么认为！这类人着意矫饰现实，注重表面胜于内涵，将文学看成修辞和形式的艺术，把斟酌字句当作文学宗旨。这些观念曾经称霸数个世纪，如今，即使在法国这个学院气最浓厚的国家，也已经一钱不值。在这一点上，巴罗哈与我们当代的文学浪潮完全合流，是一个同欧洲文学意趣相通的作家。

巴罗哈的缺点是轻描淡写。他的论断和描写有时不痛不痒，下笔如同驴子放屁[①]。

从巴罗哈对西班牙的观察视角中流露出一种抑郁人心的情感、一种尖刻而悲观的态度、一种有理有据的长期的愤懑和一种苦行僧的超然。我认为，对于青年而言，这是一副催吐剂，一副有益健康的催吐剂。巴罗哈笔下绝没有做作、幻想、雕饰和清高，一切都如其本来的面目，苦涩而真实。

巴罗哈在作品里展现出多种思想和视角。他遭受过严厉的抨击和羞辱，被众人弃置一旁。严肃地说，巴罗哈具有的是一个普通欧洲人的思想。关于宗教、科学、艺术、社会生活、人际关系等问题，他表达出了成百上千万欧洲人的共识。他所描绘的西班牙之所以有催吐作用，恰恰因为他是以一个普通欧洲人的眼光来看待西班牙的。有些人虽然垂爱巴罗哈的作品，对此却未能清楚地领会。不过，他们会明白的。确切地说，巴罗哈是个自由、宽容、文明

---

① 本段突兀。

的人。若干年以后，大家会彻底认识到这一点。

我凭借本能感到：一个巴斯克人一旦苛刻强硬，就会变成彻头彻尾的西班牙人。与此相反，此人如果因性情和教育变得敦厚宽容，他就会成为一个完全标准的中欧人。

十月十八日

流感正酿成可怕的灾难。我们一家不得不分头参加葬礼。在比斯巴尔是玛丽亚·里纳莱斯的葬礼，在帕拉弗鲁杰是S家一个十八岁的女儿——一朵花儿似的姑娘。我去了比斯巴尔。

街上传来哭声，住宅和楼道里传来哭声。场面令人难忘。似乎哭声一响，空气就会自动凝缩，变得凋零衰败。这种痛苦的表露令一切都变了形，甚至连景色也异样。哭使人面露善容，不免心生恻隐。一个始终僵直不动、两眼干干的人，会在某时某刻一阵颤栗，蓦然垂泪。哪样更好呢？是漠然处之、节哀顺变，还是尽情哭号以示哀痛？哭泣的人会痛苦吗？而不哭的就会好过些？

里纳莱斯先生的葬礼非常可哀。

晚上，我们乘小火车回家。车厢里灯光飘忽微弱，火车绝望地鸣着汽笛，从烟囱里喷出一束束火光。车厢里满是人，大家无声地坐着，似乎一车都是思想家，寂静得令人心疲。那些赶集回来的和我们这些送葬的一副模样。每个人的脸都隐没在帽沿投下的阴影里。他们在想什么？可能一无所想。世事之中有许多都容不得人起一丝意念，这正是可悲之处。面对这类事情，人心终究无力。

十月二十一日

夜晚常常不叫人学好，我们去了镇上的妓院“泰利埃尔之家”。同行之中有吉尔瓦先生，所以我们都成了大人物，从侧门进去。来到餐厅，当中有张桌子，靠墙放着六七把椅子，天花板上吊着一盏昏暗不明的灯。墙上挂着一张店主的肖像：一个矮胖的男人，戴着护须罩，显得胡子很别致，头发一丝不乱；浑身珠光宝气，局促不堪地裹在礼服里；圆滚滚的裤筒底下露出一双漆光鞋，裤腿上镶着几只经摄影师处理过的螺钿，叫人看了起鸡皮疙瘩。这位“老乡”用肘撑着半截被布景遮掩的立柱，正注视着画外的世界，目光炯炯，神态严慈。

店里没有别的客人，我们便进了大厅。姑娘们挤在暖炉周围，其实炉火已经熄灭。一个姑娘咳嗽，另一个失声，还有一个声音哑得像醉鬼。我觉得是出离想象，没有什么场所会比这种乡下的淫乐窝更加可怜、可悲、冰冷、恐怖、惨淡、苍白、破败、僵硬、残忍、无味。上帝见怜！我认为没有任何场所能比这里更快地令姑娘们彻底冷漠而绝欲。或许正是这些场所中的截影，最直接地致使镇上的人们难脱粗俗、暴戾和夸张的情欲，而永远绝缘于任何一种形式的两性温存。或早或晚，人人都得经历一双形态可怖的腿——有的像甘蔗，有的像火腿，裹着黑丝袜，要么松松垮垮，要么几乎撑破——回想起来便心生恐惧、悔恨或羞耻，并由此至于各种假情假意、虚与委蛇。这些撼人视听的场所以一种经久活跃的方式维持着半岛居民[①]的塞内卡主义。

① 指伊比利亚半岛。

十月二十三日

晚上在“兄弟中心”聚会。浓重的烟气，刺鼻的尿臊，拉丁民族的体味，窒闷的潮湿。难受，非常难受。然而，不知是谁忽然想起了卡杜奇为马志尼所题的墓志铭，我且抄在下面：“一个忘我的人，一个不断爱而奉献的人，一个从未憎恨的人。”听到这些话，我恢复了耐心，不再感到咖啡馆的鄙陋和众人的粗俗。在某些特定时刻，正如现在，这段碑铭、这类可谓“泛语空言”的文句能发挥某种作用。空洞不是问题，只要时机合适，空话也能产生一种毋庸置疑的巨大效果。

十一月七日

家里一场大乱。我回来得太晚，被他们听见了。我还是没能解决进门不出声响的难题。至于我经济独立的夙愿，还是不见任何动静。我毫无用处，完全是个废物。

读了一下午书。左拉一直被视为自然主义作家，然而我刚从巴黎的《水星》杂志上读到，他在创作时很少运用具体的档案文献。自然主义者将生活囫囵吞下，就像夏天人们大嚼成块的甜瓜。不过左拉通常会即兴发挥和铺衍。于是我想通了一个先前解不开的问题：为什么他的小说人物性格简单片面，很少有内心冲突。左拉的人物跟莱辛的一样，虽然时代和服装不同，里面都是一根筋，一副心肠。

我重读了拉蒙·佩雷斯·阿亚拉[1]的《山顶上的黑暗》。这本书一出版就给我留下了深刻的印象，如今已被我越翻越薄。作为初作，它的确优秀。阿亚拉善用西班牙词句的回环往复，自然而然地便具备了西班牙语的精神和气度——这是巴罗哈和阿索林所不具备的。

---

① 拉蒙·佩雷斯·阿亚拉（1880—1962），西班牙作家。

天气晴朗，暮色柔和，我隔着玻璃望着垂垂的夕阳。白锈色的天穹中堆垛着黑云，日落处几许绛紫微红。

几道开胃菜消耗了白天的最后一段时间。晚饭后是数不尽的咖啡。我玩着百家乐，连衬衫都输了。跟朋友们消夜。我向来没钱，不过总有人带着钱，而且我还可以赊账。戈利吃相庄严，简直像个神甫。有人提议喝菊花茶，结果这种西班牙的饮料害我头疼得要命，疼在头顶，大脑和颅骨之间。在妓院度过余夜。葩吉塔[①]。

① 女名。

十一月九日

卡莱亚的秋天。

今年夏秋更替得很突然，出人意料。一夜风雨，土地和大海随即改观，空气也变了味道。秋天是空气芳美的季节。在星光熠熠、轻云微布、略含潮湿的夜晚，田野和树丛中一片嫩杏仁和香辛草的气味。

这时，下午到田野去是很惬意的。葡萄藤正渐渐转黄，松树顶着暗绿色的冠盖，橄榄树戴上了银灰色的光环。庄稼茬逐渐显出点点红斑。整幅景色似乎是化自一罐蜂蜜和一瓶朗姆酒。散步途中会不时听到孩童们的喧嚷、水岸边手推车慢行的辘辘声，还有犬吠和猎枪的爆响。枪声过后，一道白烟化成五色，盘旋上升。待暮色昏沉，尚且苟延的蟋蟀齐唱，倾诉着灭顶将至的悲情。夜鸟群飞在凝重、昏冥、失色的空气中。

有别于许多城市或者那些人文重镇，安布尔丹的秋天并不令人陶醉。本地的秋景很难让人构想出那些风格古老的譬喻，例如“硕丽的花环”“丰收的号角”，再如“草原四周林木高耸，挑破半空的薄雾，额首玲珑、腰臀丰伟、骨肉温润的维纳斯在原中漫步”。安布尔丹的秋天沉静、平直、轻柔、稍显倦怠，令人心生恬淡的愁郁。万物几经离合澄汰，竟至近乎人性。

在这里，也很难想象一个凡庸的秋天，那种令人幽愁满怀的浪漫之秋。有人触目落叶枯木，便无端心生绝望，造出许多诗篇，却不免贻人笑柄。落叶不过是生死轮转的寻常罢了。还有秋日里的两性神话、粉色的居室、幽光下的衬衣女郎、阳气衰耗导致的忧郁①，凡此种种，都像过时的明信片一样不堪示人。

秋天是最适合普通百姓工作的季节。街道和广场清洁赫亮，空气轻盈凉爽，令大家精神振奋。

我自认为是海上人。既出自我的天性，也因为海里的工作让我觉得更加简单有趣、易于胜任。所以，谈到秋天，我就不能不谈海。

人受际遇所制，难能施展性情，不得不别有依附。这一不和谐的链条造成了命中种种分合去就。因此，人越是不得已沉浮于城市的池泽，每当登高凭舷临瞩大海，就越感到心神舒畅。

此时的海是一首变动不经、奇巧精致的歌。阳光不再侵扰。赤日下的黄壤、万里一色的长空、楼宇洁白的粉壁、田间干晞的泥土，乃至人心中的教条纲纪，都变得轻如雾霭。

---

① 具体所指不明。大意为秋季易生情欲，宜男女欢爱。

我趁着吉时，同牧师和姑娘们攀谈。前者似乎已将短枪和弹夹搁进了教堂的角落，后者则不似往常那么喜欢拧人和尖叫。尽管她们嬉闹逐跳，好像吃了羊羔肉，有时却也楚楚动人。

我有只心爱的三角帆船，趁此时节正可一展身手。辨风和操帆都有章可循，既简单又轻松。风帆中混合着谨慎和冒险，舵盘前能令人全神贯注。

驾起船，扬起帆，我航行于各个海湾以及镶嵌在壮丽海岸中的座座小镇之间。我的朋友遍地都是，他们随时能吃下成百只蜗牛、整锅的炖鱼或者一只全兔。跟如此贤朋良友是永远用不着闹别扭的。面朝大海的葡萄园里尽出好酒，口味涩重，扎人的舌头。就餐前，我们有时会先吃一只烤蘑菇或者松乳菇，入口就像浸过醇酒的鲍鱼。

此时此景，还有什么可在意的？现在的生活一方面极其精致，另一方面却像九十点钟的学堂，乏味得如同乙炔[1]和嚼过的纸屑。这怎能令人内心踏实？你们若对表象有一丝迁就，马上就会被五光十色勾住心神。而今谁还会为自然心动？谁还会为真理振奋？几乎一切都是虚幻和做作。我们同真实渐行渐远。用我们狂妄造作的乐观主义的人生取代这些远离教堂和钟楼的小镇生活？不，我不会。生活的意义？生活的意义就在这里……让人人挎上皮囊，扛起竹枪，去寻猎世间的旋律，让每个人都飞得愈高

---

① 不知何指。

愈远……

我觉得，海上人这种临世的态度是真正的超然。有人来到某座小镇，会因为没法迅速打发时间而焦躁不安、精神紧张，令外人看了好笑。而后，他开始感到一种恹恹的依恋逐渐遍及筋骨，心生一种极大的倦意，情愿躺着生活。此后，他开始有所感触，能从纤末之中找到乐趣（我了解这种状态下的惬意）。因耽于这种细微之乐而生的疲倦很美妙，犹如腾云驾雾。这种出于无奈的懒散无聊，不可言表。

十一月二十一日

弗朗西丝卡，织袜匠的老婆，拿着一只编筐出现在院子里。她说："皮塔斯、皮塔斯、皮塔斯[①]……"就见母鸡们从四周的田地赶来。她说："皮奥斯、皮奥斯、皮奥斯……"就见坐窝的母鸡走走停停，带着贪吃的鸡崽儿们到来。她说："克鲁阿斯、克鲁阿斯、克鲁阿斯……"就见鹅和鸭跌跌撞撞却又堂堂皇皇地走来。末了，她说："奥斯白、奥斯白、奥斯白……"想要赶走麻雀。可是麻雀我行我素，几乎对她睬也不睬。

晚上，传来了吉尔瓦先生的死讯。他死在葡萄园里，直挺挺地躺在葡萄的青苗下。

---

① 均为拟声词。

十二月三十日

戈利是那种对所谓“时代脉搏”很敏感的人。今天他在谈论这些作家的时候说：

“实在可惜，自由主义者竟要分成两派：保守派和无政府派。这表明，除了观念，给我们造成隔阂的还有性格软硬的差别。布罗萨①属于第二种情况。在理发店②，大家以为他写的东西很难懂。其实，他是个天真汉。人们都没想到，他竟会彻底地反对俄国革命，还有眼下如火如荼的德国革命。一场革命不过就是突然改换执政者。俄国革命很彻底，全体大换班。而在德国，不过是重回起点而已。执政者全体改换会引起新世界观的确立，也就是革命。权力由贵族转向资本家，这是革命；由资本家转向工人，这也是革命；从一帮资本家换成另一帮资本家，这可不是革命。在这种形势下，人们将会争论政治自由中的细小问题。而前一种情况，跟政治自由没什么牵连，它的关键是要确立

① 布罗萨（1875—1919），加泰罗尼亚戏剧家和作家，死于流感。
② 当时男人常在理发馆趁理发剃须时聊天。

经济平等。

“布罗萨的问题是政治自由问题。他再怎么激进，也是个法国大革命的过来人。对他来说，唯有民主，即法律面前人人平等，才有自由。然而，对于社会主义者而言，唯有在面包橱前人人平等，即根据面包立法，才能有自由。布罗萨生不逢时。他到了俄国，会被看成是个忸怩作态、泪眼汪汪的爱哭鬼。

“说到这儿，我个人认为，布罗萨的观点是极有根据、不容争论的。不建立强权独裁，哪儿来的经济平等？社会主义者在这一点上玩弄概念，欺骗群众。他们不如直接说要实施独裁，大家马上就全明白了。

“而且，布罗萨的观点符合人性。他经历过资产阶级的盛世，那个风气宽松、无所不容的时代。他害怕商业——经济不平等的根源——被摧毁，这等于不让人过舒服日子。得把时间用在排队买面包上，那种生活不值得过。我也相信这一点，只要一想那种可能就觉得恐怖。”

一九一九[1]

① 作者在巴塞罗那度过数月，后赴法国工作。

一月二十六日

我在阿特纳奥斯图书馆里试着写作，却什么也没写出来。面对当前诗人四起的文坛形势，我有时会奇怪于自己的愚顽不灵。因为我从没写过诗。我如此缺乏诗才，所以连试也没试过。很多人在童年时期便几乎不自觉地开始写诗。他们耳朵里听进一段韵文小调，就能走上门道。不过，到了一定的时候，不知什么原因，他们就再也接不上茬了，所以才会有这么多二十五岁就才思枯竭的退休诗人。在一片到处是音乐的土地上，用散文描摹事物（一棵树、一丛胡须、一只兔子）更加困难。

二月四日

何塞·奥尔代加·加塞特[①]的文笔犹如天成，有时读来醍醐灌顶。例如，他昨天在《太阳报》上说："我认为一位诗人的伟大体现在用前人未道的言语讲述举世皆知的故事。所有伟大的诗人都要剽窃我们。"这一概括简明扼要，需要广博的学问和相当的天赋。

① 何塞·奥尔代加·加塞特（1883—1955），西班牙哲学家。

三月四日

写作。我听过一个流行的说法：当一个人开始动笔，白色的稿纸就失去了清白。稿纸的清白其实无关紧要。在我们开始写作的时候，失去清白的显然是我们自以为拥有的思想以及各种言辞和表达。下笔以前，没有人[①]不自以为是大作家。文学就像画画，三笔二笔画不出一只飞鸟。

---

① 此处显然指的是那些有志于文学的人。

三月五日

我在思考儒贝尔的一句话："如果我有朋友是独眼，我就从侧面看他。"

三月八日

巴尔扎克，极其枯燥而啰嗦。从他的小说里找不出一个精到、准确、真切的形容词。巴尔扎克对科学的操心，什么梅斯梅尔，什么伽尔[①]，让人好笑。

“女人一旦具备男人的优点，就什么也挡不住她；如果没有男子的优点，她就什么也挡不住。”—— 出自尼采，《诸神的黄昏》。

① 均为德国医生，分别创立“动物磁力学”和“颅相学”。

三月十二日

上了五年大学，我好像一再听人说：上大学是浪费时间，出了校门就得工作，一工作就得把先前学的都忘掉，完全是多费一道手续。

我认为，大学最恶劣的后果是制造虚假的感觉、智力和性格，在人的眼前隔上一层纸，使他们看不到事物的原貌。大学不像生命所要求的那样，力图由简到繁，再进至一种纯粹的人性观照，而是通过一套系统的机关进行简化，使人目光短浅，为投机取巧、偷奸耍滑提供便利，将暴戾变成生活的常态。在大学，知识不算什么，关键是考试及格。我在法学院里待了五年，从未听过有人谈论“公正”，绝对没人会开口讲到这个词。在一个把“公正”束之高阁的地方大概只会培养奸佞，而不会塑造出调和的心智。就这样，对于道德败类、野心勃勃的小人、猖狂的两面派、狂热分子和书呆子，教育部门会给他们配备强大的武装，传授他们各种装蒜、下绊、溜须、算计的艺术。光明磊落的较量是绝对没有的。至于那些秉性桀骜的人，则要么收买，要么扼杀。

四月十五日

伽拉乌的故事。

不知为什么，我想起了已经死去的伽拉乌，想起了他人生中的一幕。

伽拉乌是个打“笨驴”和“加纳利”的行家（他专打五张牌的“笨驴”，又称“马尧卡笨驴”）。为了打牌，伽拉乌不避寒暑，就算走上个把钟头的路也甘心。他跟别的好牌手一样不善脚力，所以总得穿一双黑面皮靴，靴上有个窟窿，好给脚上那块倒霉的硬茧留空儿。

伽拉乌有份小产业，可是坐吃山空，生活拮据。他梦想拥有一驾马车和一匹栗色的小母马，能跑得飞快，能赶得上四乡的集市，能载着他去和周围最棒的好手打牌。伽拉乌想靠打牌赚到马车。每次开局，他在坐下掏钱的时候都惯于挤眉弄眼地说：“你们懂吗？咱是有追求的人。”

伽拉乌是条光棍，而他的伙计们又都不怎么好事，所以他的愿望一直存在心里，谁也不知道。他总是独自做着梦，跟母马说话，想象马车的模样，给想出来的牲口取名字，喊着号子让它或走或停。他一边编配手里的纸牌，一边琢磨如何跟那个菲格拉斯的吉卜赛人打交道以及朋友们将做何评论。

“你找到那个吉卜赛人，告诉他打算买匹什么样的牲口，”他自言自语道，“吉卜赛人就会问：‘这马是给你自己买的？’你就回答：‘不是，是位老爷吩咐的。’吉卜赛人就会向你指点一匹全省最好的马。他说的省其实就是咱们乡。”

还有几次，他对自己说：“要是你手里有张‘黄的’、两张小王和两张字牌……这是手臭牌，反正也没什么大指望，干脆少说废话，见好就收。”

伽拉乌也经常想象，朋友如果看见自己腾云驾雾，脸上会是怎样的表情。他时不时就甩出一句：“我会让你们吃一惊，惊得你们都不敢相信……”

一天，伽拉乌去了菲格拉斯的集市，走进一家咖啡馆，坐在一张六块一注的“加纳利”牌桌前。他把所有的钱都押了进去，没出一个钟头，赢了四百。“这不可能，这不可能”，他出门的时候觉得晕头转向。他吃了个荷包蛋，喝了杯咖啡和少许茴香酒。他嚷了几嗓子，然后工夫不大，就已经买好了一驾蓝黄条纹的二手马车。接着，他去找那吉卜赛人。

“买马吗，孩子？这匹就很配你，”说着，他指向一匹小母马——圆滚滚，亮油油，气鼓鼓——“你可配不上它。”吉卜赛人说道，“它跟牧师一样细皮嫩肉，吃的是天上的星星。”

趁伽拉乌围着马打转和看牙口的时候，吉卜赛人娓娓道来：“你还想找更秀气的马？看好了，我的孩子，没有比它更棒的了。这马长得多俏！”吉卜赛人拉着长腔，撇着嘴，满口甜言蜜语。

伽拉乌把马买了下来，在它脖子上挂了只金色的铃铛，又在护耳上插了朵花。他套好车，转了几圈，心满意足。马扬扬前蹄，抖抖耳朵，浑身的血脉在振颤。

“全省第一。”伽拉乌一面牵起缰绳一面说道。

正是上午十点，天空如钻石般清澄。阳光下花白的菲格拉斯城郊已经被甩到了身后。母马首先小跑一程，留下一路圈圈点点。铃铛唱着清脆的歌。伽拉乌手攥皮鞭，光着脑袋，做着迷梦。他大呼小叫地从干活儿的农人身边驶过，跟他的马儿做着一番趣谈。阳光如注，普照田原，车篷随着马车跳跃，窗帘在空中飘舞。一座座村庄渐渐落在后面。在渠边和灌木旁洗衣晒毯的农妇们，看见那明艳艳的马车，都张大了嘴。一道斜坡过后，钟楼慢慢地消失在地平线。

弗鲁维亚河的渡道很窄，伽拉乌决定驾马过去。母马要把式似地扬了几回蹄儿，喜滋滋地趟进清澈的河水。等到了对岸，伽拉乌摸摸马的肋条，轻轻一刺，马放开蹄儿一口气奔了两里地，直到颠得伽拉乌屁股发麻，才又开始“得得得”地小跑起来。

到了维尔杰斯，伽拉乌停下马，走进路边一家客栈要了半只家兔和白葡萄酒。他饿了。

“老板娘，挑只肥点儿的兔子!”伽拉乌咂吧着嘴说道。

酒足饭饱，他点上一支烟，在客栈的红布长椅上躺下。他嘴里叼着烟卷，鼻里冒着烟，感到这才是生活。伽拉乌老是坐在牌桌前，缺少活动，所以脸色苍白，肚皮又圆又敦实，头上几大绺鬈发。他是秃顶，所以把头发从左耳经头顶搭到右耳，形成一道别扭而可笑的曲线。

“一套车抵得上半条命。”伽拉乌说，“我这下至少多活二十年……”

正当他觉得身在天堂，外面传来一阵欢腾的人声。柜台伙计探长身子，从雾蒙蒙的门玻璃上往外看。伽拉乌留着神，听见伙计神秘兮兮地说：“打牌的来了……”

五六个镇上的青年叫嚷着走了进来，吆三喝四地要纸牌。他们坐下打起了“加纳利”，都是毛儿八分的小赌。伽拉乌起身靠近牌桌，又探头朝门外一瞧，只见太阳还很高，就决定入局消遣一番。

起先依旧是小注，只为娱乐，可是后来大家都开始手心发痒。过了一个半小时，伽拉乌把篷车和母马都赔了进去，余下的钱刚够付清米饭和炖兔肉。

伽拉乌失魂落魄，脸白得像个死人。他出了客栈，步行上路。太阳正落山，很多人扛着镰刀回到镇上。传来阵阵剪羊毛的声音。客栈前一群孩子相互扔着石头，没命似的大呼小叫。伽拉乌走过镇上最后一栋房屋，见身边没了别人，就像被打进了地狱似地诅咒起来，每声咒骂都是一道霹雳。

直到把天上的神明都骂过一遍，他才重新上路。他默默地走出十四五步，停下来回望片刻，眼中尽是镇上的灯火……然后接着再走。

月升日沉之间，吹起斋月①的风，微含潮湿，隐隐透着紫气。天野寥廓，闪出点点星斗。

① 按基督教会规定，复活节前四十天为斋期。

四月十七日

我一直想知道那所谓的“打杀犹太”如今怎么样了。小时候，每到今天，午饭以后，孩子们便都去教堂打杀犹太。为了闹出动静，我们带上各式各样的家伙，有的拿棍棒敲击地面，有的用铁器追打汽油桶。小商贩们出售一种什么都能敲的“专用”锤子。还能买到一种玩具，是一连串可以旋转的木头，响起来极烦人的。教堂里人声鼎沸，乱作一团。这场闹剧象征着一场对犹太人的屠杀。

这项活动缘何而起？是为主耶稣的死复仇吗？虽是表面文章却的确心存杀机？这是排犹屠杀的陈迹吗？曾经因为走错了路而未能得逞，到如今只能做做样子吗？

下午，我发现现在参与“打杀犹太”的孩子较我们那时候少了。以前到场的全是正经人家的孩子，而现在个个衣着褴褛。为了让他们来杀犹太人，大概得每人发一块面包和巧克力。凭这一招，这项传统大概还能再撑上一年。眼见这场荒唐暴乱的闹剧一蹶不振，我痛快极了。

四月十九日

和朋友们在“兄弟中心”聚谈。

恩里克·弗里格拉说，在英国人看来，聪智最重要的目标之一是使人变得轻松风趣。

“为人风趣是什么意思？”克罗米纳问道。

“就是有幽默感。”弗里格拉回答。

“可以把一个善嘲讽的人看作风趣的人吗？”我问。

“这要根据限度，”弗里格拉说，“嘲讽不能越过一定的限度。”

“什么限度？”

“就好比狄更斯。”

“风趣意味着不怕当众出丑吗？”克罗米纳问。

“你们认为拿破仑害怕出丑吗？还是达托和罗曼诺奈斯[①]害怕丢丑？到了一定情势下，根本没人在乎什么丢不丢丑。跟女人上床的时候，你在人前的羞耻心到哪儿去了？时时处处把维护体面当成金科玉律是平庸的表现，而

① 两人均为19世纪末的西班牙政治家。

平庸是对幽默感的完全否定。”

平日最难有一丝激动的弗里格拉竟突然性起，让大家有点儿吃惊。见我们都愣住了，他蜷缩起身子，羞涩地吐露出实情。他说：

“我讲这番话，是因为保全颜面曾害我丢了性命……”

四月二十一日

在圣塞巴斯蒂安教堂，每年都要举行“咕嘎斯[①]”的集会和游行。人们到村头的十字柱前去为农田祈祷，于是“咕嘎斯”——作物上的寄生虫和昆虫——就算不丧命，也会奄奄待毙。美好的活动，数世纪以来唯一的灭虫法。那些有头脑的——在安布尔丹不乏其人——说这很荒唐。不，并不荒唐。美意可嘉，只可惜成效实在太小。

① 该传统延续至今。

四月二十七日

我原已下定决心，在考试结束之前不读任何报纸。可是没坚持几天，我就破戒看了《语释》。我可以毫无顾忌地说，我很想念它——管它三七二十一，我就是想看……

我还读了一篇阿索林[①]关于格拉西安[②]的文章，其中抄录了这名阿拉贡耶稣会士的一段文字："菜蔬冷热异性，各尽其用，七月调和酷暑，腊月抵御严寒。一种果实刚刚下枝，另一种又已成熟，全年馈赠丰厚，尽可随意采摘保存。慷慨好施的造物主！即使最愚钝的脑筋，又怎能不暗暗承认这天意殷勤？"

真不错，我想，文中的天意昭昭所依据的不是三段论的游戏，而是嫩豆角和黄豆——巴塞罗那人所说的"干豆子"。不过，无论如何，我还是很难理解公寓里现在吃的绿豆角属何天意。

阿索林是个大作家，他的作品我读过不少。他细致，

① 阿索林（1873—1967），西班牙作家。
② 格拉西安（1601—1658），西班牙作家。

敏感，出奇地优雅。他的风格简洁明了，从未流于矫揉造作——那种西班牙语传统的回环往复。就此而论，阿索林的作品中很少有修辞学的陈滓。可以比较一下阿索林和佩雷斯·阿亚拉。阿亚拉晚于那些直截明确地回归传统文法的“九八作家”，却能不落窠臼，这是因为在他有时繁冗的修辞结构下面，总有一种无比犀利的辩证精神。就风格而言，阿索林和阿亚拉是两个极端。阿亚拉文笔优秀，如同卡斯泰拉——黄金时代末期修辞大家，一位没有丝毫人文趣味的形式主义巨匠。阿索林创制了另一种文风，其中仅仅借用了西班牙语的词汇，而与既成定式、曲折往复的修辞学和传统文法格格不入。阿索林完全自成一家，他为此所付出的努力着实惊人。

既然说阿索林不事修辞，也就意味着他是一位静态作家。他笔下的人物和景致都处于静止，自我陶醉，一动不动。

四月二十八

下午，我去阿特纳奥斯图书馆。

克里门特向我介绍了一本书，《关于立体主义的若干访谈》，作者是毛利赛·雷纳尔[①]。作者在书中问道：“难道上帝不是第一位立体主义者吗？”

我哪儿知道，雷纳尔先生。就算是，他也隐藏得够深的。

我的朋友克里门特受了约瑟夫·儒贝尔影响，经常说：“良好教养——即礼仪——的本质在于规规矩矩地掩藏己之所长。”

我回答道：“这适用于那些出类拔萃的人。对于大多数人而言，良好的教养应当是规规矩矩地掩藏己之所短。”

---

① 法国艺术批评家，鼓吹立体主义。

五月十三日

糟糕的人生。

我跟同级的S君做了一番有趣的长谈。S君是个登山迷，在同学中因狡猾和孤僻出名。我们走在大学的正堂，他说：

“你太把考试当回事了……”

“是吗？你这么认为吗？那你把考试当什么？”

“当成另一码事……”他挠着后脖梗说，“基本上，考试跟生活中很多事情一样，得需要点儿小聪明。”

“拜托你讲清楚些……”我有点儿紧张。

“告诉你，首先，你犯了一个大错：你在名册里序号太靠前，所以考试的时候是第一批。这是个错误。我总是很晚才注册，一直等到最后几天，在名册里排倒数……”

“但这有什么关系？”

“你马上就明白了……我们这些学号垫底的总能因为教授们的疲劳而占到便宜。我是说，教授们由于多场考试而疲劳，总有一刻，他们会盼着完事大吉，而这种可能在考试刚开始的时候连想也别想。每当出现这种局面，你如果抽中了不会的题目，就有机会答非所问地蒙混过去。那些教授累得要命，不会计较，所以我这招经常奏效。”

“但是怎么才能知道评审团累不累呢?”

“没有任何方法，这就跟辨别布料一样，手指一捏就知道质地好坏。说到底，我的意思是，考试是门技术，要领在于绝不能筋疲力尽地上场。换句话说，你得比那些坐在讲台上犯迷糊的教授清醒强悍。”

“哎呀，还得会钻空子啊……！”

“没错，进了考场要头脑冷静，得镇静自若，善于利用在场的各种条件。一有时机，就必须豁得出去，做得巧妙……”

“当然，作弊必须得巧……”

“不必特别巧……够用就行。”

从这个要滑打诨的乡巴佬嘴里讲出这一整套，让我发笑，可是心底却很当回事。

“所以我刚才讲，”他在道别的时候说，“我觉得你路子不正，你看起来很累……”

“我懂了，我懂了……”

约瑟·卡隆加（帕拉弗鲁杰人，大学同学，高我一级）告诉我：考试期间，在一次开场前，拜尔马涅教授跟同为评审团成员的拜斯教授说：

“今天，德利亚斯老兄，咱们得让所有人都通过……”

“啊……?”

“是，得全体通过。是这么回事，曼莱萨市的公证员向我极力举荐了一名学生，可是……他那封信我找不着了。不好意思，我把信弄丢了，又记不起那个推荐生的姓名。但我不能驳人家的面子，所以，为了避免尴尬，只好让所有人都及格……”

“没问题，爵安！”拜斯教授兴冲冲地答道，心里乐开了花，简直等不及考期结束就要将这桩轶事传得满城皆知。

五月二十八日

我躺在床上读波希米亚贵族莱昂·罗斯米塔尔·布拉特纳于一四六六年游历西葡两国的游记。这本书由法比埃从拉丁文译成了西班牙语，其中第一百五十页写道：“我对这个省（加泰罗尼亚）再也没什么话可说。本地居民的奸恶不忠举世难寻。我们遍游蛮族、萨拉逊、格拉纳塞莱诺三个不义之乡，即使同这些人相处也比跟加泰罗尼亚人在一起踏实。”

五月三十日

父亲把我叫到书房——迟早的事情。房间整洁而冷清，是家里我最不了解的一个地方。

一排书架上摆着蒙塔奈·西蒙出版社的《图解大百科全书》。

父亲望着我走进去，脸上一丝苦笑，笑里明显在故作亲热。我将目光转向别处。与父母对视总让我感到局促难堪。谈话不经铺垫，直入正题。

“好了，现在你有什么打算？”父亲若无其事地说道，像是在聊天气。

“我不知道……九月份有本科毕业考试。”

“要考试你就得用功。你想在哪儿学习？帕拉弗鲁杰？在帕拉弗鲁杰你学得进去吗？我觉得你从来就没用过功……”

“您说得对。”

“总有没完没了的杂念。”

“没错，对极了。”

“我原来就想，或许巴塞罗那更合适念书，考试才会有把握……”

“也许吧。这段时间巴塞罗那天气很热，不过说不定……”

“当然，哪儿都热……”

久久一段沉默……谈话继续进行，但是变得有些支吾。

“好，等你成了律师，会有什么计划？你对自己的专业有志向吗？”

“根本没有。我既不想考公务员也不想进事务所。这些事情都得慢慢来，过程很长……可我估计家里已经没钱了。”

听到这句话，父亲瞪大了眼。接着，他长出一口气，似乎因摆脱了某种牵绊而感到轻松。

“你最后这句话不幸说中了……我们已经尽了力，供你们上了大学。我的事业不如预想的那么顺利……”

我立刻接上腔，以避免悲戚的场面出现。

“这个话题咱改天再谈……”我说，“现在可能不是时候……”

“对，不是时候。”

“我最好早拿主意……越早越好。”

“也还没有火烧眉毛。”

“我月初去巴塞罗那。余下的考试在九月进行。我到巴塞罗那以后，会找个什么差事，付房租和零杂……这样好吗？”

父亲很惊讶。他花了好几个月，琢磨怎么向我解释。

他怕想这件事，所以十分发愁。至于我，一年多以前就在等待这次谈话。这段拖延对我来说是种恩惠，对于家庭则是一大负担。好在问题总算挑明了。

谈话开始前，父亲害怕两件事：首先，他以为终止学业的提议会让我大为不快，因为别的家庭通常不会这么做；其次，他不敢有话直说，害怕摊牌。当然，这类问题很棘手。客观地说，我应该对此心存感激。不过，一遇棘手的事情就慌里慌张也未免太傻了。

父亲见我并不懊恼，反而感激他的坦言相告，可能会稍感失望。他心里存了无数劝解的说辞，其中许多都经过精心准备。枉费辛劳总会让人有点儿失望。

失望过后，我相信他一定非常高兴。他从座椅上站了起来，一脸欣慰，甚至开怀。

六月三日

我到了巴塞罗那，身上带着父亲给的五十块钱。一个叫塔利达的同学把我带到一栋公寓，公寓摆设得像家旅店，房客们还算起眼。楼梯干净明亮，地板是一种纹理有些模糊，但是十分逼真的仿大理石。得登上很多台阶才能到，不过没关系。房间很小，被房东称作“可爱的小屋”。那就算“可爱”好了。房东是个寡妇，有两个女儿，大的在一家事务所上班，小的总跟一个音乐学院的学生——南美人，想成为小提琴师——出双入对。我尽管在公寓里待的时间很短，耳中却已被那琴声反反复复摸了个遍。

我带的五十块钱勉强能撑到月底。然后，再说吧。

六月九日

面对战败的德国，同盟各国间的分歧开始显露。无论是在战争还是其他较量中输给一个同盟，失败方都会轻易获得一个有利的局面，那就是同盟成员间意见不一。

这是场古已有之的老戏。如果长袖善舞，成效会十分显著。这几天的报纸让我想起三四年前阅读修昔底德的乐趣。

我尽管热衷文学，却从不为小说着迷。我觉得，小说一切外在的展现都很精彩，但是每到开始制造矛盾、虚构结局，我就读不下去了，准会把书丢在地上。小说是成年人的童话。小时候，玛丽埃塔祖母在火炉旁给我们讲故事，每当她有意停顿，我们就会两眼放光地问："还有呢？还有呢？到底怎么样了？"

读小说也是这样，区别仅在于小说比童话更有所企图：小说想要反映生活。有所谓"小说如鉴"。小说对特定场景和人物的刻画确是生活的反映，但一到创造和解决矛盾时就成了镜花水月。在生活当中，除非由于死亡和遗忘，什么也不会终结。小说却往往不是这样，大多试图表现每一时代中强势伦理的伟大。有七八部这种经典作品，我认为没有结局反而会更胜一筹。

六月十八日

反正迟早得考试，我这些天开始学习还没考完的两科：拜斯教授的“国际私法”和巴布雷伽教授的“司法实践”。我喜欢《国际法》，它是生活本身的反映，有时会跟人生一样难解难分。我觉得它包罗万象，超过任何一部小说。至于司法实践，是个大铅砣，一想起来我就头昏脑热。

七月十一日

阿方索·马塞莱斯一脸倦容。他的背有点儿驼，胳膊似乎没劲儿，腋下夹着手杖，可是夹不紧，总像要滑出来。他停步与人讲话的时候，手杖拄着地，双手撑着杖球，似乎两腿不听使唤。他声音飘虚，笑容凄苦，好像挨了打……这大概全是马塞莱斯的职业所赐——赚取定酬的智力工作。

圣奥古斯丁在《上帝之城》里将人类的职业分出贵贱。智力工作居首，其次是同造物的神迹相类的农业，再次手工业，最次商业——理由不必重述。不知圣奥古斯丁能否想象，智力工作有一天竟会按定价取酬呢？

凭借直觉，我已经看透：自己最现实的人生出路之一，便是做这赚死工资的脑力活儿。

瞧瞧阿方索·马塞莱斯的模样，真叫人泄气。

八月十日

我服完兵役，前往巴塞罗那。天气闷热，车厢里人人穿着短袖。要不是三等车厢里能够开窗（我那节车厢差不多都打得开，所以没有多少抱怨），一定会有股难闻的人味儿。

兵役期间，有一天，我的朋友阿历克桑德拉·布拉纳来到吉罗那。他是来看我的，让我十分感激。我们在市中心闲逛了几个小时，坐了几家咖啡馆。布拉纳不爱坐咖啡馆，感觉不自在，可是也没别的地方可去。天气很热，在有些街道不时能闻见下水井的浊臭。在柱廊下一家背阴、颓萎、惨暗的咖啡馆里，他说将会在《吉罗那日报》上发表我寄去的一篇写圣达尼埃尔山谷的短文。咖啡馆里半明不暗，苍蝇昏昏欲睡地飞着，嗡嗡嘤嘤浮声一片。历来大度的布拉纳对我说道：

“这篇关于圣达尼埃尔山谷的文章写得不错……”

“你觉得不错吗？”

“当然，有个缺点，有些过于文人气。形容流于雕琢，句式很不自然，明显想要独出心裁。不过也没办法，这是年龄的毛病。写文章要像写家书，不要有这类文体中常犯的草草了事。”

“怎样才写得出这样的文章呢？”

“你得克服许多愚蠢的文学偏执。你喜欢吉罗那，这是个好题目。你作文时不要修饰辞藻，而要直抒己见。关键在于观察，仔细观察，观察然后下笔。”

“我在吉罗那这些天，觉得写作不像以前上学的时候那么容易了……”

“你会觉得越来越难。写作是很难的。你要是不想努力，最好把它忘掉，改做别的行当。”

在陪布拉纳回车站的路上，我下了决心，绝不费工夫重读那篇圣达尼埃尔山谷的文章，要把它完全忘掉。

八月十四日

卡莱亚之行。

明天是我母亲玛丽娅的圣名日，是个重要的家庭节日，又因为是夏天，所以更显得盛大。夏天过节比冬天亮堂。

和往常一样，我在法兰西车站坐下午早班的邮车。车站又乱又脏，窗口前排着长长的队。人很多，天气又热。车站前有候客的计程车和大客车，马尿味儿不时地随潮湿的海风填满人的鼻孔。尿臊、闷热、四处弥漫的机车煤烟，混合在鼻腔内犹如一部颇不轻快的交响乐。

列车终于启程了。全体乘客一致同意开车窗，一道极其怡人的气流穿车而过。可是阳光酷烈，晒在身上黏乎乎的，十分难受。在加泰罗尼亚总是刮些小风，所以露天的炎热还可以忍受，但是阳光一直强得令人皱眉，没有一刻松快。旅程很单调，列车每站都停，乘客上上下下。能听见站台的铃声——各站都有所不同——和机车的汽笛。仔细想想，留心这些汽笛实在够荒唐，不过总得有点儿事做才能度过下午。看书很难，字母随着车厢颠簸摇来晃去，串不成词。我坐过火车多次，所以知道有一类喜欢火车的人，他们一旦就座——尽管不算舒服——就会从表情和姿势中流露出一种“铁轨上的惬意”来。人们爱坐火车就跟去餐馆吃饭一样，或许也图新鲜吧。

过了格拉努耶斯有段上坡。列车放慢了速度，车头呼哧呼哧，乌龟似的爬了一程。车头喘得厉害！两道白色汽雾从它前部的两侧交替着全力喷出，在铁轨两旁干燥的草丛间吹起一团尘雾。“听到车头呼呼响了吗？”身旁一位先生笑着问我。他挺开心，大概觉得这声声喘息完全值回了票价。列车一度驶入一条漆黑如兽口的隧道，此时已至坡顶，接着就是下坡。原先闷闷蠕行的列车毫不客气地鼓噪起来，老旧的钢铁、脱栓的木楔、座位上颠来摇去的乘客融合成一片骇人的声响。机车拉着长长的汽笛，令人欣欣欲飞。人们强烈感受到奔驰的高速，仿佛这个复杂的大家伙正从悬崖坠落。气流吹乱了人们的头发。刹车吱吱作响。“听见刹车的声音了吗？”身旁的先生带着方才的喜悦问我。他着意于旅程中的细节，一个也不放过。他随着列车一同激动，可能是个活跃的多尔斯派[①]。过了一会儿，火车泄了劲，速度变得正常。吹进窗口的风减弱了，大家都平稳下来。到了伊纳斯，车站里又热又静，金合欢树的叶子纹丝不动，绿得平淡而柔和。座位上的乘客们挥汗如雨。几个肥胖的女客像是在生气，个个憋红了脸。她们身上的纽扣似乎只需轻轻一挤就会挣开。那些不太胖的虽然没怎

① 此指阿乌杰尼·多尔斯所倡导的文化运动。

么走形，皮肤却因满是汗水而显得异样。下午正渐渐过去。

经过圣塞罗尼，开始出现一座座杨林。杜尔代拉河和各条溪流孕育着这些树木。对我来说，这是旅途中最引人入胜的景致。在我的家乡，近海地带盛产形状对称、枝冠苍郁的松树，而在塞尔瓦[①]，在与蒙赛因山、吉野里亚山蜿蜒的支脉交界的地带则富生树林。杜尔代拉河与西尔斯湖为杨树灌输活力（西尔斯湖古时一度常存，如今仅当连雨成灾时才出现）。有的树林沿轨道生长，我曾见过它们四季中的情态。冬天，地上许多大片浅白的水洼，形同座座小湖，枝叶萧条的杨树静立水边，似乎已经站着死去。待天气回暖，它们自然又会长出幽雅、细致、繁茂的树冠。

树林等于森林吗？是也不是。严格按照字面解释，它缺少森林物种繁杂、无所不具、见树不见林（即使是我们本地不甚广袤的森林）的特点。德文所谓“只见树木，不见森林”正一语中的。不但原始雨林如此，因自然变故而偶生的森林也是如此，没有条理和秩序。与此相反，树林是界域分明、排列整齐的森林，其中树种单一，形式一致，也就是说，举一即可反三，而且屡试不爽。但从另一角度来说，树林也不能被叫作园林，它尽管地处平缓，树列严整有序，却不含任何装饰的意味。我之所以钟情树林，不仅由于在家乡不多见，还因为它介于森林与园林之间，是最接近人类性情的天然树园。其妙在天成，足可赏心。我

---

① 加泰罗尼亚一个地区，塞尔瓦意为“雨林”，故此有作者后来的“森”“林”之辨。

喜欢遵循中道，不偏不倚，能够呼吸自由。

冬季日短夜长，当列车驶至丛林地带（大概位于圣塞罗尼和利乌岱尧茨之间），有时会正赶上日落。树林紧贴铁路线，列车不断碾过铁轨，颠簸声震天动地。似乎不是擦着树林疾驶的列车在移动，而是两旁树影围着一条无形的轴旋转，仿佛乐园里的木马。在单调的长途旅行中能看到这番景象，实在令人喜出望外（还有一喜是安帕尔玛车站里卖的面包，里面夹着黄澄澄的煎蛋，像是加纳利特产）。天黑以后，林间时而现出一轮满月。地上积有近日的降雨，水流四溢，俨然如湖泽之乡。水色接着月光，苍白而凄楚。萧条万树，形销骨立，排列井然。这一番梦境稍显阴森，却柔和得奇异——塞尔瓦地区的风貌大致如此。若在和暖时节，从车中可见落落散布的芳林，分明的树影掠过野花点点的嫩草地。愿林中有一爱恋自然的女子，可与我共度一二午后时光。林中女郎，想象起来很容易，至今也没出现过，今后也未必会出现。或许，我今生注定只能与这些树林擦身而过，绝难有驻足的机会。这几乎一定会成为我贫乏的想象力中的一个素材。

我们到达吉罗那车站时，天际炽红，已是黄昏。八月圣母节期间，七点钟天色便已黑了。站台上走过一名手执红灯的列车员，还有个蓝衣助工正用锤子敲打车轮，察看是否运转正常。“听见锤声了吗？”我身边那个微笑的老人问道。本省竟有这么多实心眼儿的人，有趣。站内的铃铛响过一遍，时隔不久再次响起，片刻之后又响过一遍。那老人又说：“听见铃声了吗？”他三番五次的废话终于让我觉得此人奇特而神秘，肯定神志异常。不过，他也可能并非神智异常，而只是个嬉皮笑脸、回家过节的安布尔丹人。

列车重新启动，笔直地驶上奥纳尔桥。左侧一片漆黑，是宽广的戴维萨公园，右侧是楼宇层叠的吉罗那城。千篇一律的楼房上洒着几点哀愁的幽光。这里总有盖不完的房子，叫人心烦。忽闪的电灯让我回想起中学少年的春情。我觉得一切都老了，在遥遥往昔中变得朦胧。火车减慢了速度，可能在爬一道缓坡。我坐向一个无人的窗口（有些乘客是绝对不肯放弃窗口的）。从铁桥中间现出奥纳尔河曲上楼房的灯火。油腻苍白的水面上可见一道俗气的光，一道金红如蜜色的光轨。稍远处的一架桥上，一盏电弧灯在嘶嘶作响，抽搐的白光隐隐照出圣菲利乌钟楼。沿着桥下行，车窗里现出了圣柏拉区，像是贴在依稀可见的大教堂的底部。圣柏拉区的黄色灯光跟过去一样，是全城最凄凉的，黄得像一种经年的油腻，紧紧粘在民宅的旧石砖和斑驳的薄墙皮上。多少回忆！我见到我们曾经走过的小桥，岸边的水洼里洒着城市惨淡的灯火。火车刺耳的噪声中，我听到群蛙的歌唱、甘蔗丛上的飘风、远处手风琴的音符，还有静水中月亮瑟瑟的颤抖。列车前驶，万物退逃，逃入那缥缈纷乱的过去。

八月十八日

午饭后，我在一只渔舟的背阴处看到了埃尔摩斯。他正往渔筐里收拾延绳。我走过去，只见他的光头闪闪发亮。他见是我，露出一脸和善而稀奇的表情。他两眼有些发红，微笑起来像只猩猩。

“你不是在冷水湾吗……”我说。

“我来过八月圣母节。今天下午就趁西南风回去。我给玛丽埃塔带鱼来了，咱们今天做石斑鱼羹。”

“哎呀，好啊……！”

“不做鱼羹就做别的。我在阿尔及尔吃了太多奎宁，人瘦成了电线杆子，可还是得吃。就算是在太阳能烤化石头的大热天儿，人发起烧来也会冷得发抖。可是奎宁吃多了能让你的脊梁骨转个儿。你先前认识的那个埃尔摩斯再也没有了。我就喝点儿鱼汤还能觉得舒坦些。玛丽埃塔手巧，会料理，做得跟大户人家一样，比方说，好些年前的瓦利斯家。帕拉弗鲁杰的老百姓也不是吃得不好，不过，再会做饭的穷人家，也老是忘记放这放那，怎么也做不出味儿来。迪恩多莱先生，爵安少爷的朋友，有几回在尝菜的时候说：‘这道汤无与伦比。’喂，你能告诉我‘无与伦比’是啥意思吗？”

“我不知道……这种话是那些系着领结上下班的先生说的。咱可以不去管它，懂了吧？”

“我就知道！老天爷，真是什么说法都有！有的人什么也不忌讳，想什么说什么……这种人多着呢。巴特耶家有个法国小姐，问我愿不愿教她游泳——我说真事儿。当然，她付钱，一次两块……现在是谁都能在冬天里钓鳉鱼。”

“可是你根本不会游泳啊……”

“当然不会……你当我是谁啊？本地这些打鱼的，没一个会游泳，就连柏拉·巴奈特也不会。人天生就不喜欢水，要是我们老想着会掉进水里，你想让我们怎么出海？要是我们总这么惦记，就算举着棍子赶，我们也不会去打渔。”

“这么说那个法国小姐跟您什么也没学成？”

“没学到多少。我跟她说，我教游泳可以，不过得穿长衬裤。可是她说话跟咱们不一样，我觉得她什么也听不懂……没办法，以前马尔蒂大夫脾气好的时候说过：我们这里没有教育，学校啥也不教，咱们啥也不会。我都这岁数了，不会念书，不会写字。我要是生在维谷尔，现在会更窝囊……我们都是些大老粗，脑子里都是砖头……哎，你想不想来冷水湾？棚屋里还有一张你的床垫。这床垫怎么办？要是冬天屋里不漏雨还行……”

“我去不了，我有工作……”

“咱就再也见不着了？”

“怎么会再见不着？”

“时间不等人……听说你马上就得走。”

“可能明后天吧……”

“你一定够忙的……”

“你就别笑话我了……”

“你干哪一行？”

“记者……”

“我听人家说记者这行可是‘带钩儿的’。”

埃尔摩斯夸奖一样东西，会说它“带钩儿”。这是他从南特的沙丁鱼箱上学来的，一流货色的箱子上都画着一枚钓鲷鱼的钩儿。

“你喜欢这行吗？”

“这职业很怪。”

“那你大概不能多吃烤的沙丁鱼，例如几年前埃斯卡拉的那批鱼。”①

“有什么办法……”

“九月份在冷水湾挺不错，是长蘑菇的时候。常有一两个维谷尔人往那儿去。去的都是些精细人，各家里最棒的。米奈尔很狡猾，可他风头不顺，身后总有缉私员跟着。好在他跟他们二八分账。这家伙败就败在什么也不说，从来不张嘴，谁也不知道他在哪儿。白天晚上，不管几点，你都能在最叫人想不到的地方碰见他。柏拉尧·塔莱尔跟他

① 这番对话不甚连贯，此句尤难解。

很不一样。塔莱尔是个大胖子，一向闭不上嘴，爱传闲话，完全不是当走私贩子的材料。不过，他炸鱼的功夫可是全镇第一。跟他一比，塔玛利乌那些笨蛋根本不算数儿。”

“都是本地的老人物了，最有本事的人……”

“老啦，老啦……说来说去，都是些穷人，想要好吃好喝，再找个女人。不过这些骚娘们儿都要好床好屋好家当，起风的时候橱子里得有面包[①]。她们可不是闹着玩儿……一个个穿着粉红睡衣，都是些妖精。你懂不懂？”

“你们对走私一点儿也不管吗？”

“我在冷水湾，夜里有时候能从棚屋里听见人的动静。光是脚步声，从来不说话。我听了不但不高兴，反而害怕。我的棚屋平时门老敞着。但是一有动静，我就把它关得严严实实，拉上门栓，再顶张桌子……走私这种营生我做不来。我不会自保。一个好的走私贩子得识字，再不就得有个消息灵通的帮手。你这一走，就剩我自己，还能有什么指望。要是你不走，咱们准能过上好日子。维谷尔这些家伙都是好人，不会平白无故找咱麻烦。”

“不惹麻烦可能最好。”

“也许吧，不过什么事也做不成！你们都想出人头地，想要系领结、戴礼帽、挎背带，想另学一种腔调说话。你们要钱要面子。其实都一样。有钱人才能吃夜宵。你们想在云里雾里、脚不着地地过日子。”

---

① 意为：若风大浪急不宜出海，家里必须有存粮。

“说到底，你也该有点儿钱吧……”

“我存折上有二百块，放在邮政储蓄所里……”

“这家储蓄所挺不错。”

“我不敢说，因为我从来没亲眼见过……”

“您比我有钱，我一分钱没有。”

“等你上了我这年纪的时候再瞧吧。”

一阵和煦的微风吹过渔船边的阴影，催人生困。埃尔莫斯停了停，又对我说道：

“你要住到巴塞罗那去吗？”

“眼下是这样。”

“巴塞罗那有很漂亮的女人……”

“大概吧。当然，只要你肯花钱……”

“我是谁啊……？咱这号人总得花钱。”

“我爱这么聊天，不过聊得困了……把那个盛渔网的箩筐拿给我。闻着有股发霉的海腥味儿，但是枕着舒服。”

我立刻就睡着了。风多么柔和！埃尔莫斯那张猴儿脸给我一种万无一失的安全感。我睡了两个钟头，醒来时觉得自己似乎有了荒居野外的本领。太阳西斜，凝滞的空气中有种蛋黄般的色调。埃尔莫斯已经不见了，唯独留下一缕隐约可闻的雪茄的浊臭。

八月十九日（一）

我在卡纳岱伊碰到了萝茜塔太太。大战以来就没再见过她，如今已经时隔数年。她刚做完弥撒回来，正挺着腰板、慢腾腾地走路。她头戴发冠，手拿念珠和一本螺钿镶面的经书。我见到她很高兴。她也想尽力摆出一副恰如其分的喜容，可是做得不很像。跟以前一样，她向我倾诉她那殚思劳神的夙忧。她垂目的神态十全十美，可称凄凄怯怯迟迟的三一奇迹。她有意效仿这一经巴洛克艺术发扬光大的题目。不过，她最惹眼的还是那僵硬呆板的步态。从前她总爱指指点点，如今大概旧习未改。她说话带些鼻音，脸上毫无表情——法式教育的结果。我觉得她对最无心的闲言碎语也始终保持着戒惧。要猜透她的喜怒哀乐绝非易事。

战争期间，我经常回家，有时会留宿一夜。有一回，我见识了萝茜塔太太切火腿和香肠的神技。她能把肉片切得轻薄透光。我不知道她是怎么做到的。她的主张是这类食物必须切薄。没错，薄片更加适口。不过，她对这项可叹的技艺可能苛求过度，结果每到下午餐时，那些飘飘欲飞的火腿总是让我们等得饥肠辘辘。

“萝茜塔太太，今天真是好天气……”我说。

“是啊，美妙的一天。让我们感谢上帝，恩赐我们这样的奇迹……”

她将最后一句话送出嘴边时，我见她微掀白眼，郑重地立起右手。紧接着，她又说：

“天气固然美妙，可是……”

“萝茜塔太太，您有话尽管讲……”

“尽管风和日丽，可是如果我们都要下地狱呢？如果我们不能获救呢？”

“绝对轮不到您，萝茜塔太太……绝对轮不到您。”

“你什么意思？轮不到我，轮不到我……！我跟别人一样，是个恶习难改的罪人。《福音书》有云：受召者众，获选者寡。”

“就算是《福音书》说的，就算您念文词儿，我也不信。萝茜塔太太，您是天造的善人，集各种美德于一身……”

“耶稣基督！魔鬼叫你指鹿为马。言行之别如天壤……这些事情不能信口雌黄。”

“不管怎样，总要有人获救的。若是您这样的人都不能如愿，那就太令人惋惜了。”

“对，确实令人惋惜。所以才应该白天黑夜都谨言慎行。得时刻留神，因为随时都有可能跌倒。”

说完这几句话，萝茜塔太太露出一丝细微难辨的笑容。

我暗想，其实她言不由衷。我是说（当然，可能我想错了），如果萝茜塔太太持有某种坚定的信念，那就是自己必将获救。

后来我们又谈到一位在卡纳岱伊无人不晓的先生。我为了向她表明自己的观点，就说此人是个宽肚肠[①]。听到我的评断，萝茜塔太太勃然变色，伸出手指，似乎受了羞辱。

“拜托，拜托……”她怒气冲冲地说，“有教养的人不该这么讲话。无论对方是谁，你都不该把人叫作什么肚子、肠子。这是粗俗的字眼儿，让我听了又紧张又难受。”

我觉得自己可能过于直白唐突了，而为萝茜塔太太不齿，便好言说道：

“如果我说他宽心宽肺，您会觉得中听些吗？”

“更难听，圣基督！我们的言语本来已经够不讲究了，还要用令人难堪的脏话来污染它。”

萝茜塔太太挺着腰板走了。我与她道过别，如释重负——一种百年的重负。

我在小阳台的桌子上看到一本书，大概是哪个姐妹的。我拿起来：是拉马丁[②]的诗集，其中有这么一句：

“在在皆若空，独因少一人。”

这句诗恰切地写出了青春的心态：一段自寻烦恼、难以名状的愁思，一段一去不返的年华。

---

① 苦无佳译。原文 panxacontent，本义“快乐的肚皮”，形容万事不挂心、无忧无虑。

② 拉马丁（1790—1869），法国作家。

不过，总有一天，会有人成为你的一部分，或许你成为他人的一部分，然后结果是结为千年好合——我这个年纪的人总以为生命能延续千年。

八月十九日（二）

卡纳岱依。

有时能在报纸上读到“花神节”开幕的消息或是对这类节日的见闻（文章的措辞千篇一律）。在这些诗歌盛会上，约瑟·卡耐尔时常出现在主持人的名单中。他大概因此赚到了不少钱或者艺术品。评委会成员的名字总是一样，这大概意味着这些节日有常备的诗歌裁判轮班。另外，在很多城镇，似乎总有一小撮人能够随时参与其中。为了这类玩闹，得确确实实地花上一笔糊涂钱。不知为什么，我对这些节日完全不以为意，且不说从报纸上读到有关报道时的腻烦。可能由于性格羞怯，我只要面对四五个人，就会变得冒冒失失，不辨南北，而大部分人往往不管三七二十一。无论如何，就算我的漠不关心不是由于自己人前羞涩，我也不认为值得在这些事情上花时间。

这类赛诗节对于促进文学可能起过作用，但也确实催生了一种典型的乡土文学。无论题材是祖国、信仰还是爱情，其故作风雅的风格一望可知。尤其在涉及人情世故、言谈话语以及情态表达时，它的咬文嚼字明显同加泰罗尼亚戏剧演员的装腔作势同出一辙。这种文学同巴塞罗那小资产阶级密不可分，经年累月，造就了一种夸炫技艺的架势，能吓得人汗毛倒竖。假想在帕拉弗鲁杰兴起一种反对附庸风雅的文学精神（在乡镇里大概会有吧），它最鲜明的特点是要能吓坏那些故做风雅者。它不趋附风尚，有时粗枝大叶，有时会激动乃至粗鲁。我个人偏好后者。

只要文学创作仍然只是礼拜天下午打发时间的闲情逸致，这种苍白纤巧、阴晴不定的风花雪月就会经久难除。越是对性情无所关照，文章就越夸大其辞。多尔斯先生最大的贡献之一是使文学成为了一个貌不惊人然而名副其实的职业。

八月二十三日[①]

我动身前往巴塞罗那，在帕拉弗鲁杰的小车站乘下午三点的火车。火车翻过岱拉奈哥拉的山坡，在木头、玻璃和钢铁合成的肆无忌惮的轰鸣中，下行驶往弗拉萨。有时，车头得意地拉响汽笛，更增添乘客间的纷乱。随着道路变化和列车牵引，人们左摇右晃，经常你压着我、我压着你。我对面坐着一个农夫，干瘦高挑，穿一身节日服装，满脸是汗，举止粗鄙。他身旁是位女士，丰满端庄，围着三重褶领，发式蓬松而高耸。列车一晃，农夫被甩到了女士身上。只听他说道：

“太太，坐车就得受罪！”

“有什么办法？梳好了头发，却来倒这种霉！”女士表情刻薄，神色阴沉。

我在弗拉萨车站排队取快车票的同时，决定在吉罗那留宿，然后坐明早六点的车继续赶路。我觉得，再想重游故地，只怕要等到多年以后。我总是免不了陷入这种多愁

---

① 不知作者这篇长文是否有意模仿普鲁斯特。

善感，也不知日后能否克服。天生的毛病。

火车到了吉罗那，我先去新大街存好行李，然后走上石桥，点燃香烟吸了一口，竟然呆住了。往事、画面、朦胧的回忆如潮水般一发向我袭来，让我一时惶然无措，不知从哪里开始……我沿着兰布拉街缓步而行。各家露天咖啡馆都没什么顾客。省城的夏日，寂寂了无生气。诺拉特咖啡馆的招待告诉我，现在很多人还在城外。每逢周六集日，这些咖啡馆会烜赫一时，刀匙杯盏叮当不绝，来往客商谈笑风生。至于眼下，则是另一番景象。现在不过下午七点[①]，酷暑炎炎，日光灼目。夏天溯乌尼亚尔河而上的海风，有时会吹进拱廊下的阴凉，初时轻柔怡人，若有若无，随后变得闷热滞重。此时此景，与我的心愿相差甚远，以至于我自问究竟为什么来吉罗那。我希望下雨。我向往灰色的天空、灰色的空气、灰色的石块、灰色的人群，还有水滴打在街石或雨伞上的音响。吉罗那的灰色令我痴迷。我一定又在说胡话了。今天是八月二十三，天气可不就是这样？我大概来错了日子——有人找错主儿，有人选错时候[②]。我决定在咖啡馆里等待日落，等待浓烈的色彩消解。我无事可做，但也别无选择。

我坐在咖啡馆的空桌前打发时间，脑海中蓦然出现了某先生的形象。我们就是在这家店，或许就是在这张桌前认识的。此人名叫巴尔纳特·毕boo尔，是我一个中学同学

① 在西班牙七点仍是下午。
② 此句有些突兀，疑出自某俗谚。

的父亲。这个同学启智稍晚，拙于言谈，为人却很机灵。我曾多次在考试期间帮助他，他的家人因此对我心存几分感激。毕袅尔先生是个不同寻常的人物，而原因恰恰是他的平凡无奇、坦率直白。我向来不喜欢那些特立独行、风流浪荡、精灵古怪或者神龙见首不见尾的家伙。这种神秘兮兮的人物无论什么时候都能遇到，实在讨厌。

毕袅尔先生没有丝毫特异之处，只是个寻常百姓①：几分粗枝大叶，几分古古怪怪，稍显心不在焉，理智不过中人，即谨慎又健忘，即糊涂又精细。他隐约有些爱做戏，而正经起来则谦逊和顺，叫人一看就知他心地善良、通情达理。他身边总带着手杖，每当谈兴发作，尤其在运用自家的辩证法的时候，便会胸膛隆起。他的话题都是些因循而成的不易之理，比如说："技不压身"（明显的假话）②；"百鸟在天不如一鸟在手"（废话）；"上坡以后是下坡"（说不定）。诸如此类还有很多。他出语果断，叫人晕头转向。他一边说话一边挺胸，并把手杖挥向半空，似乎正把某处遥远的异域划归己有。一天，毕袅尔先生对我说："我该睡睡，该吃吃，该干活儿干活儿，该溜达就溜达，该办事儿就办事儿——咱说话讲分寸，不过我这年纪的人都明白是啥意思。我做一件事情，别的就一概不想。我活到这个岁数，留得整副好牙口。每每遇到事情也就当时想想，过后绝不惦记。"

---

① 这类前后矛盾本文另有几处。

② 括号中似为作者的评论。

“毕袅尔先生，您身板这么棒，真是了不起。”我接茬说道。

“伙计，你说对了。还告诉你，我脑子里尽是些小抽屉：有装规矩的，有装工作的，有装乐子的，有装毛病的——当然，都是些小毛病。成天那么多事情，乱七八糟，我要是不知道怎么办，甭商量，就往小抽屉里装。明白吗？如果装不下，或者装不舒坦，我就毫不犹豫地把它扔到脑袋后面去。我就这脾气，改不了……”

“本地很多人跟您一样。您是个名副其实的‘毕袅尔[①]’。”

毕袅尔先生特有一种才华，能把事物看得简单概括，并把自己表现得自然由衷。他的谈吐像一缕轻烟，可不出片刻，就能憋得你喘不过气来。他那可气的平庸，一方面令我喜欢，另一方面让我有种难消的恶心。

毕袅尔先生常用“值不值”来评判事物。什么值，什么不值……有天他对我说：

“宗教？随它去好了。不值得操那份心。懂吧？宗教，说白了，基本上就是管人的，就跟税务、公安一样，有管事的，也有被管的。我的看法是，谁有工夫，爱寻思，那就随他去寻思。反正但心是不值得的……眼下就挺好。”

我回想毕袅尔先生多时，现在着笔之际，却觉得当时如果专注于其他回忆，或许更有意义。不过，记忆胶着于一时一景而难以解脱，这也是常情。就在我回忆的同时，

---

① “毕袅尔”本义为果核，引申为有脑筋。

天色开始转暗，城市的景色映入星点昏晦的夜空。我离开咖啡馆，信步城中，一时仍对毕臬尔先生念念不忘，尤其是他向我呈示的一个普遍命题：寻常人所引发的异常感。那个明智而规矩的怪东西帮我认清，生活乃是一条漫长的下坡路。

我走在行人稀少的公民路上，发现普嘉泽先生那家俗教兼营的帽店已经拉下了橱窗。我很想再看看那些橱窗和那些戴在头顶的抢眼摆设。我上学的时候对那些橱窗留连难忘，并且记得当年教会围绕帽子所发生的一次纷争：圆檐帽明显变得过时，后来好像由平顶小圆绒帽（柔软美观，像绒毛玩具）占据了主流。

没走几步，斜现出一条完全由石头铺成的窄巷：野兔路。我曾在巷尾一座高大的旧宅里租过一个房间，窗口内向，狭小昏暗，屋里摆满了房东的家庭照片和小器物，有点儿令人生畏。初看起来，一切整洁有序，再观察器物的细节，却又有些模棱两可。当时还是夏天，房间热得闷葫芦一般。

照管那座公寓的是两个五十来岁的女人，单身姊妹，心地很慈悲，嘴巴一刻不闲，认识许多善心人。这是教袍城里（吉罗那也称教袍城）公寓里的典型产物——松白的皮肉，稀散的头发，装腔作势，闲言碎语，表面看似恭谨，其实肆无忌惮，头顶总结着发冠，手里不离《弥撒经》——总而言之，城里的普通人。这两个好心女人大半时间在旁边的圣卡门教堂里度日，早午晚每天去三趟。两人轮换，不是你去，就是我去。

“吉麦塔女士呢?”有时来人登门询问。

“吉麦塔女士在圣卡门……”

再问普拉女士，同样是在圣卡门。圣卡门是区属礼拜堂，离得很近，所在街道与野兔路平行。其中有座老修道院，现在已改作了市政府驻地。圣卡门教堂建筑粗糙，有成堆的巴洛克式器物。漆金木器蒙着尘土，昏暗而缭乱，不时在空中显出一团棕红。只要是弥撒，无论三赞礼、卌时守灵、九日祝祷、讲经、婚庆、洗礼，两位女士一场不落。祭奠仪式是她们的最爱。每到仪典繁多的日子，便无人料理寓所的床铺。我跟同屋都不认识，不知他们作何反应。登床时却见被褥不整，到底让人有些泄气。好在我并不在意，因为我在学校已学会了铺床叠被，而且学得极扎实——最实用的本领之一。今天晚上闷热无风。有人在自家门前睡意蒙眬地喝着冷饮。透过阳台的栏杆，隐约可见身穿淡色衣服的人所形成的色块，让我联想到某种气味。有人坐在阳台的摇椅上。电灯泡死气沉沉地发着光，枯黄的颜色如同贫血病人的脸。有时从某家店铺的橱窗中透出些许光线，在人行道上布下一片麦秸色的黄斑。在皇宫路附近的奥利广场上有幢楼房，我在服役时同其他帕拉弗鲁杰兵员一同住过。一个曾经擅自返乡的士兵告诉我，埃尔莫斯家名叫“腿子[①]”的猫，因为偷吃了一条三公斤多的

① 19世纪末的西班牙大盗。

细点牙鲷，被气急败坏的主人一枪打死。埃尔莫斯这辈子大概只钓过一条这么大的鲷鱼，想把它大大方方地送给萝莎·瓦利斯女士。埃尔莫斯外表凶猛，其实为人通情达理，而他那只干瘦的黑猫既刁钻又贪心不足，他俩能平安无事地同住冷水湾，本来就是件怪事。我觉得那只猫是罪有应得。埃尔莫斯该有多么恼火！他的憧憬都在当世，是个柏拉图——理想主义的发明人——以前的人物。理想主义造成了多少伤害和无谓的痛苦！埃尔莫斯的梦想本本分分，打死"腿子"也在情理之中，谁叫它吃了要送给瓦利斯女士的鱼呢？

我打量了一遍楼房的正面。阳台上还有灯光。那间寓所曾经多么狼藉不堪！那种混乱源于全体房客某种共有的天性。没有管理员从中干预，也不敢制定什么租赁守则，一切随心所欲，无论用餐、出入还是晚归。人人想唱就唱，想讲就讲，想哭就哭，想嚷就嚷。有个乌劳特的小伙子，也是当兵的，常向睡在隔壁的同伴嚷嚷，边嚷边用鞋跟敲打墙壁。

"我饿了！"早上七点，他粗声大气地说道，"咱上哪儿去吃口东西吧？我能吃掉一头羊……"

旁边那位睡得正酣，一声不响。于是这乌劳特人——一个小圆胖子，水汪汪的一对眼睛——就不住地用鞋跟砸墙，直到累了为止。我从没瞧见有谁对如此大张声势提出过抗议。噪声对于犯困的人不算什么，而少数没睡意的人也不很在乎。房客多是镇上来的心猿意马的年轻人，吉罗那的生活对他们来说非同一般，跟住在家里不能相提并论。他们眼花缭乱，觉得事事都好。而我和另一个青年对当时的纷扰非常厌倦，无时不可不感到疲惫。我对于混乱一向不免反感，源头可能就出自那间公寓。

我来到箭弩路。有个男人走在我前面，相距不过几步。他停在一家门前，取出钥匙插进锁孔，只听“咔嚓”一声。在吉罗那，我喜欢这种与老城融为一体的咔嚓声，就跟在家乡爱听铁匠敲打砧铁一样。这吱吱嘎嘎的一声响，纯粹而悠长——门锁很久没上油了。

我随声停下脚步。开门男子的背影离我有一米多远。他突然回过身，表情说不上严肃，却非常专注，脸庞被一束路灯的光截成明暗两半。

“兄弟，有何贵干？”他盯了我好一阵，然后说道。

还是那个深沉有力的声音。我微微一笑，伸出手去。

“这不是厥安·法雷特嘛，咱是中学同学……”

我的喜悦尚不足以表明身份。他退后一步，又细看了看。

“哦，当然……”他终于说道，“你是那个住校生，我现在想起来了……你怎么样？”

“还说得过去……”

“等我一下！”他回过身，很快地一扭，锁上了门。

厥安·法雷特是个老同学，只不过他是走读生，念商业专科，而我住校，读普通高中。他大概长我两岁，与我交谊深厚。他曾经替我寄过信，帮我躲避宿舍里的审查。我最初几包值半块钱的香烟也是他帮忙买的。他那时中等身材，胖乎乎的，白皮肤，红脸膛，双手总抄在兜里，而且极爱吹口哨。如今他似乎高了一些，不如先前那么滚圆，却依然粗壮魁梧。他脸色比先前苍白，一副卷卷的小胡子给他增添了几分神气。当年，他在学校因为读书笨拙而出名。不过，他有时看似憨傻，其实为人有条有理，颇识分寸。他的课本总像刚刚拆封一般。我一直都认为他对自己的专业缺少兴致。这很自然，学生意毕竟不如做生意有趣。他是独子，家里经商，父亲开着一家蜡烛店，既有规模又有信誉，在慈善的教会世界中口碑极好。他们经营殡葬用的粗蜡和白蜡、游行专用的防滴烛托、神坛上的巨烛（颜色微黄，同巴洛克的装饰风格极相称）和雕花烛。他们制作一种绿色雕花烛，看似薄荷糖，每年复活节的羔羊祭上都少不了。法雷特有个姐妹萝拉，天生一双妙腿，在吉罗那的小资产阶级社会里独领风骚，学校里的大部分学生都为之倾倒。

我们刚要迈步，我问他："你不忙吗……？"

"没事儿！刚在仁德之家打完牌。天气这么热，简直懒得回家。我老婆孩子刚躺下，现在睡得正死。"

"可是，你结婚了吗？"

"结了，一儿一女。"

"恭喜你，伙计！这可是不得了的事！"

"你就别提了！有什么了不得。我三年前结的婚。我父亲主张生意人尤其应该早早成家。他大概有道理……所以我就结婚了。"

“萝拉也结婚了吗？”

“还没。她以前追的人一大堆，可到现在还没嫁出去。我这出名的马大哈和大傻瓜，反倒已经成了家。萝拉瘦了，我太太却胖了。”

“都是没准的事情。”

我们来到十字路口的香烟店。门前有位先生，小而胖，正在点一支长雪茄。他两眼集中在火焰上，好像斗鸡眼。

“爵安，你抽雪茄吗？我请你一支。”

“别费心……我无所谓。”

我点上烟，起初有股呛人的怪味儿，回味起来似乎又不过是正常的雪茄。我问厥安：

“生意应该挺顺利的吧……你喜欢这一行吗？”

“对，没什么可抱怨的。整个教区和所有不通电的村镇用的都是我们的蜡烛。尽管如此，我们也不能期望太多。点蜡烛的越来越少了。”

“我觉得没什么可担心的。你们总会有生意的……这次虽说是巧遇，但我非常高兴。多少年没见了！我不常来城里，最近在这儿服完了兵役。你看咱们一直都没碰上！”

“不奇怪。我深居简出，哪儿也不去，就是从咖啡馆到家，再从家到咖啡馆。”

“就是那个仁德之家？”

“对，仁德之家。”

“这家店很讲仁德吗？”

“跟别的咖啡馆没两样，老派守旧，由几个神甫管事，是个供人打牌的地方。我可能更喜欢去赌场或者诺拉特[①]。不过其实都一样。我父亲当年是创办人之一，老往那里去。做买卖就得拉关系。”

我们走过圣奥古斯丁桥，来到同名的广场。广场黑暗无人，其中立着一尊英武勇猛的将军塑像。我们穿过光照昏暗的拱廊[②]，有种神秘、孤独、令人心悬的气氛。

“你觉得热吗？”我的朋友边说边扭着身体，好像衣服极不合身似的。

“对，比傍晚还热。”

“好像会有雷雨。”

“不清楚，天知道。亲爱的爵安，我刚刚就想说，遇见你真是意外，尤其没想到你会这么家业兴旺。对于中学同学我知道得很含糊。你可能消息多一些。你知道许多人毕业以后久久找不到出路，幸好大多有家里帮衬。尽管如此，有些人还是一直没起色。”

“对于我的情况，还是别夸张才好。”

“夸张？都是明摆着的，你有一桩好买卖，有儿有女，有太太锦上添花。”

“锦上添花？什么意思？”

“我是说她对你一定是悉心照料。你一定很幸福，虽然这片街区跟其他街区一样普普通通，但你是其中最有福的

---

① 前文中提到的一家咖啡馆。

② 名谓广场，实为建筑四面围起的空地，形如巨大的天井，故而沿边有拱廊。

男人。另外，你为国家纳税，经常光顾仁德之家，大家都看得起你……”

“你在学校就爱拿人开玩笑。我看你没变样。”

“不不，我这可是真心话。说实在的，我这次来吉罗那，是因为可能很多年也不会再来了。我希望能碰上个老朋友，最好是哪个幸福健康的同学。我刚才以为要遇到的人就是你，现在看来是弄错了[①]。”

“说来话长……你是弄错了。”

“我可不喜欢你这个样子。”

“你把我的生活想得很好，其实不算什么，根本不值一提。”

“这样你就可能想要开拓一片更宽广的天地。你天生好梦想吗？”

“我不知道自己想要什么……主意很难拿得定。”

“我到底看出你不快活了。你不想单单靠着蜡烛这种软塌塌、没定型的东西过日子。”

“没有光，很多人活不下去。”

“没错，不过是另一种更明亮的光。你说自己的生活不算什么，这是真心话还是因为一般的客套？”

“这件事我们还是以后再谈吧。”

“随你便。在咱们这儿不管什么事情都是留到下次再谈……这个广场上原先有家电影院，里面有个铃，总响个

① 这段对话有些突兀费解之处，估计是说反了。

不停，提醒大家不忘它的存在。我到现在似乎还听得见。”

“今天不开场，是周六、周日和周三晚上。”

“礼拜三来看场电影挺不错，你不觉得吗？”

“大家都喜欢。周三看一场，一礼拜的时间会显得短些。”

“还要更短？一个星期已经够短的了，才七天，过得飞快。”

“我太太觉得太长了，没完没了……”

“她身体好吗？”

“目前还好……”

我们离开圣奥古斯丁广场，从铁路大桥底下穿过，来到戴维萨公园。奎尔河水仿佛一条线，在公园右侧的树林底下，远远可见一堆即将燃尽的篝火，是某个吉卜赛营地留下的。

湿气似乎很重，我们一踏上宽阔的林荫道，就被一团混有树根、叶子和泥土味儿的雾气笼罩。繁茂的树林颇能使人心静。在一爿冷饮摊四周，数盏煤气灯，几点混浊的光，模糊地照着几张桌面。从旁边经过的行人一闪而没，迎着光亮，好像灰纸上的涂鸦。高高的梧桐树下，那抹微光似乎界出一方寥落的秘境。我们坐到路旁一张长椅上。树叶纹丝不动，悄无声息。重重的寂静，似乎坚不可破，令人不禁轻言细语。此时的戴维萨公园[1]俨然一座真正的

---

① 吉罗那市内公园，规模居加泰罗尼亚之冠，故可比作“森林”。

森林。

法莱特吸着长雪茄，忽然开口："你到底来吉罗那做什么？你明天得上班吧？"

"不不，不上班。我来过一晚上，溜达溜达，兜上几圈。"

"可你总得有个下脚的地方吧？"

"我把行李放在寄存处了。我想坐早上五点半那趟快车去巴塞罗那。以前，我们早上在学校洗脸的时候总能看见它开过。"

"不管怎么样，光是散步太没劲了。难道你想做个行脚僧吗？"

"不想，但我喜欢走路，有什么办法[①]？"

"走路有什么好处？"

"没什么好处。"

"我猜你四处转悠是为了写文章，你一定想写什么。"

"我不知道。随你怎么想吧。你爱看书吗？"

"其实不怎么喜欢，不过偶尔看本小说。我觉得小说都挺无聊，怎么办？"

"你爱看哪种小说？"

"跟电影一样，一阵风似的那种……那种谈情说爱的，不过节奏得快。"

"明白，你爱看快节奏的。"

---

① 时人常用的口头禅。

“对，当然。这些东西对我来说都是消遣。蜡烛生意已经足够我忙活的了。”

这时，大教堂的钟响过数声。

“敲了几点？”我问。

“是大教堂，半夜十二点。”

钟声洪幽，与其说来自空中，更像是起于地下，发自地心，低沉浑浊而不失铿锵。声响凝重，稍有颤抖，似乎令地面随之震动。我和法莱特一言不发，都一脸好奇地听钟声敲过。接着，别的钟声也跟响起，大大小小，清浊不一，有的庄重，有的好似铃铛。一时间，空中满是美妙的叮当之声，不拘节奏与谐和。

“这些钟都不准，敲不到一块儿……”当着外乡人的面，法莱特似乎有些尴尬。

“没什么……我更喜欢那些迟响的钟。你认为应当一起敲吗？声音一定会大得吓人。交错开挺好。”

“吉罗那人都不太注意，就跟听不见一样。”

“当然，你们都用床头桌上十四块钱一只的闹钟，吵得要命……”

“差不多。”

我们从公园的长椅上站起。在起身的刹那间，一阵饥饿感袭来，让我不禁长抽一口气。我肚子空空，全身疲惫，一时颓萎得难以振作。我刚要迈腿，似乎要晕倒，便扶住同伴的胳膊。我们走到就近的路灯下，法莱特看了看我大概十分苍白的脸色，说道：

“你不舒服吗？”

“说起来傻透了：这是饿的。我一点儿晚餐也没吃。我本该吃饭的，可一不留神就忘了，想都没想起来。”

“你经常这么马虎吗？”

“有时候，不经常。我的生活不怎么按时，不过没关系。要是天气没这么热，再有点儿凉风吹在脸上，我肯定不会忘记吃饭。这天气，又潮又闷。”

“你现在打算做什么？”

“得找家开门的旅馆或者饭店。”

“有点儿难。太晚了，都已经打烊了。”

“别担心，我们到四方那边道别，然后我自己去找。我认得些旮旮旯旯的地方。就算找不着，诺拉特咖啡馆的伙计好歹也会给我点儿吃的。诺拉特开着吗？”

“开着，常有人在那儿打牌。”

于是我们往回走，过了圣奥古斯丁桥，来到四方，按照讲好的互相告辞。走路很有用，让我稳住了心神。另一方面，我心里十分感激法莱特极其热心的陪伴，他已经为我耽搁多时了。

“希望你别再经常忘记吃晚饭。”他边伸手边说。

“是，我知道。”我回答，“这滋味不好受。你别担心，这是最后一次。”

我来到步行街上的诺拉特。门开着，灯亮着，店里冷冷清清。招待是我多年的老相识，正在柜台后面一只啤酒桶旁点着头打瞌睡。他大腿上铺着条白手巾，身上淌着汗。

我虽过意不去，可还得把他叫醒。我解释了一通，他睡眼蒙眬地听着。

“没有热餐可以给你。这里不是饭店。”

“没办法，将就吧！我饿得受不了。”

“我给你来点儿火腿、几片香肠、一块荷兰奶酪、一些饼干还有……面包。”

“麻烦了。”

“啊，还有冰啤酒和咖啡……这算不上晚饭，当点心吧。”

“谢了。”

过了一会儿，招待便把所说过的东西摆在了我面前，不过分量都挺小气。

要是有一道浓汤和一大份肉才好，不过还是得谢天谢地。

香肠吃起来很可口。其实，对我来说，样样都是佳肴。饼干存放已久，略微发软。啤酒很清凉。我心想要等早上五点半的火车，就喝了两杯咖啡以备熬夜。人犯起困来，咖啡也没多大作用，甚至完全无效。

我一面吃着伙计所谓的点心，一面打定主意：待在这家舒服的店里不走了，直到它关门。饥饿比较容易克服，但是我很乏，而且热得无精打采。最近在卡莱亚那些天，我过得毫无规律，车旅劳顿加上长时间不曾进餐，让我心力交瘁。这家咖啡馆门窗大敞，灯火通明，又没有其他顾客，叫人很自在。今天下午进店时，我甚至感到过一丝凉意，只是衣领间的潮热和脚底的沉重感还未消退，因为此前几天穿不穿鞋可以随意。

另外，进餐的同时，同学法莱特的形象始终在我的脑中活现。那个如今判若两人的小伙子曾与我的少年时光密不可分。他曾深受情欲所困——青少年的典型问题之一。学校、思春、情欲……全都搅作一团理不清的乱麻。我从未想过要找出头绪，而现在看来，这是不可能的。然而，那些生动形象的回忆，无论多么混乱、多么不知不觉，终究会以概括明了的形式出现，尽管有时过分简单、极不完整，却是积极而有用的。于是，我也对那段漫长无尽的时光大致做了归纳：当时，我们怀着没来由的少年意气，无论遇到什么情欲的刺激（如今看来根本是笑话），下面就会涨鼓得要冲出去。特别是上街的时候，就像是在胳肢窝底下长出了一截，跟夹着一根面包一样。有的人带着它洋洋得意，有的人则郁郁寡欢。

当时，每个星期四都会有一群学生穿着校服前往天使圣修所，法莱特也是其中一员。我们总是周四同去，偶尔还要加上周日。回来的时候，我们几个男生——法莱特是挑头的——常会没头没脑地做一件荒唐事。归途中没有纪律，可以任意行动。因有一对“教友”殿后，所以掉头挺困难，超前却容易得很。那组因种种情欲集合起来的少年，规规矩矩地走在队伍前面，等到有树丛遮掩的转角，大家便把两腿摆得像船桨、发疯似的奔跑起来。我们很熟悉道路，还认得一些捷径。我们要在其他学生列队（在城里是要讲纪律的）到达指定街道以前，跑到吉罗那城里的一家妓院去待上二十五分钟——这就是我们的目的。我们沿着一条地狱之路，疯疯癫癫、连跳带滑地跑上一个多小时，像受困的海豚一样呼呼喘气。我们汗水淋漓、满脸通红地来到一扇小门，门后是一道楼梯，通往妓院。情欲初动时非常强烈，完全抹去了纪律意识。不过我们还自知在犯严重的错误，可能要为此付出高昂的代价。当我们走上灯光暧昧的楼梯，鼻孔中的气息已由森林的芳香换成了最贫穷和腐坏的城区里所流荡的浊臭。我常因这一感官上的变化转过脸去。我们的模样大概不可救药，从外表（制服和鞋）流露出一种破落潦倒，似乎什么坏事都干得出。其实，长途奔跑已经大大淡化了最初的冲动，情欲已经冷却。我不时感到身体似乎在收缩。我们鱼贯穿过小门。应门的是个胖女人，下巴颏叠着两三层肉，大象似的脚腕，涂着满头的发胶。为了挑逗我们，她吐出几个放荡的字眼儿。我们来到挂着百叶、面朝街道的大厅，个个半死不活，神情虚怯，既不敢直视也不敢出声，像被抽了筋。大厅里往往空无一人，可是那天却有个农民模样的邋遢男人，后脖梗上搭着帽子，眼前摆着一杯白兰地，正无聊地吸着雪茄。这一类人，据知情者说，都是打掉了牙往肚子里吞。我们坐到角落里的一张桌子。这个位置或许离我们原本想象的魔魅氛围相隔最远，而与我们的局促最为相宜。我们瘫倒在桌子四周的座椅上，直不起腰，像一只只不成形的口袋。那时我们大概十五岁……坐了片刻，感觉好了一些……同时也发现，我们的到场没有引起任何反应，甚至没人前来询问饮品——起码的消费。对这种行业来说，当时自然不是合适的钟点。

不管怎样，在这座由房间、旮旯和走廊组成的迷宫里——这是栋老宅，历经装修，更显得迷乱——一定有人正做着什么。

我们不声不响地到场，不免带出一副又穷又乱的模样。我们肯定被看作一伙最没赚头的客人。在这种地方，这种评价是决定性的，并在整座迷宫里迅速传开。我们围坐在桌边，形成一个可悲、无声、黯淡的圈儿。现实与原来所想象的缭乱刺激大相径庭，以至于一种苦涩的失望填满我们的心中。我说苦涩不过是在套用老词儿，实际上要比苦涩更加糟糕，是一种心底的失望。这时，一个农家模样、浑身劲头十足的同学（他是桑塔堡附近一个农场主的儿子，一个电子音乐迷。当时已经开始流行电子琴，大厅墙边就有一台），大概受不了无聊的气氛，想找人来摆弄一下那架琴（当然是要付钱的），便起身钻进迷宫去了。另一个马尔格拉塔来的学生见此情景，也做了一个举动，让所有人都愣住了。他将右手两根手指探进外衣口袋，掏出怀表看了很久，显然是在计算我们已经用掉的和归队所需的时间。大家尽管当时头脑一片空白，却还有几分理智，于是不禁一愣。这个同学一刻也不曾忘记时间，他激动的表情反映出目前的处境。他身材干瘦，稍有些山羊脸，头发卷而黑，说话用一种非常尖锐的假声。他尖声尖气地说，我们进门以后已经过了十分钟，再过一刻钟就得离开。他口吻中带着埋怨，显然是在强调自己绝对不愿迟到。他的计算清醒了我们混乱的官能，使我们渐渐稳住了心神。又过了好一会儿，大家一言不发，听着宅中传来的种种难辨的声响，贪婪地望着面朝大厅的一扇扇房门，然而越看越觉得它们灰暗无光。没人靠近我们的桌子……没人注意我们在场……从一个伙伴的目光中，我觉得他看到了哪个小姐，在昏暗的走廊里一现即逝。或许只是他的想象，反正我谁也没看见。这时，桑塔堡的同学回来了，用他特有的语无伦次向我们解释：根本不可能让琴声奏响，因为时间太早，而且小珍珠——一个在常规和技术学院里人人知名的姑娘——已经从这里转到了别镇，那里的一家店本星期正在举行一次小型庆典。小珍珠有几个家人身患重病，她指望借机赚一笔可观的收入，以便负担许多使费。这个消息更加令人灰心。我们盼望见到那有名的姑娘、行内的花魁，人人都带够了钱，以一近芳泽。大家像孩子一样争先恐后，却没想到最终只能有一个人可以亲近，而其余的必须夹着尾巴。时间这么有限，所以一个人的钱已经绰绰有余，用不着借别人的。对于娇娆妩媚、未得相见的小珍珠，似乎谁也不关心她家庭的不幸，而只顾着遗憾不能亲睹芳颜。青春期是人生中最可悲而贫乏的一段时光，梦想联翩而完全无法实现，所以大大小小的挫折接踵而至。桑塔堡的同学说话颠三倒四，讲述经过大费了一番周折，结果又耗去了一段时间。在那种情况下，二十五分钟就是闹着玩儿，连闻味儿还来不及——街区穷人家做饭的味道、豆子的酸气、妓院里飘荡的温热、渍汗的床褥味儿。马尔格拉特的同学伸手掏出怀表，定睛看了看，报知我们只剩下短短五分钟。还有一个伙伴，现在不知人在何处，尽管时隔多年，我仍记得，他面对这倒霉的运气，露出一副奇特的冷笑，向大家表明的确时间紧迫。我们于是赶快站起来，弄得桌椅一阵乱响，显然为了发泄心中的失望。我们刚挪脚，便听见“驴子、牲口”的叫骂。那个重颐象腿的女人神色严峻地开了门，好像我们做了什么恶事。我们心灰意冷，一副见不得人的模样，显得十分落魄。大家悄悄走下楼梯，面对昏暗空旷的街道，更显垂头丧气。我们跟着那些认路的同学，穿过数条我今天已说不清面貌的小巷。大家根本无暇观望，只专注于眼下的难题：赶上从圣修院回来的队伍。我只记得，石砌的老城北门曾一度显现在街区的黑影中。我们散躲在北门教堂前的黑影里，等待着从伽伊冈莰方向来的队伍。那天，他们晚到了一会儿，我们愈发忐忑，因为有人听说兄弟会的牧师已经对我们的胡闹有所耳闻。最后，长长的队伍终于出现了，大家两人一排，拖着脚步，不言不语。人人脸上都带着疲倦。我们趁着天黑，小心翼翼、若无其事地逐个插进队里，最后跟大家一起回到学校。各个周四，我们都筋疲力尽，夜里睡得像木头，早上得经人摇动才能醒来。一两天内，执迷的情欲被巨大的失望消解，可是随后又卷土重来，到下个周四又变得狂热而盲目，真是没完没了。

我既已决定在咖啡馆里留到打烊，所以慢吞吞地不急于吃喝。店伙计招待过我，重新在啤酒桶旁边耷拉着脑袋打起了瞌睡，不过这回背上没搭毛巾[①]。天气稍转清凉，店里虽然回荡着一股浓重难除的烟味儿，却已不像先前那么憋闷。伙计昏昏欲睡对我倒是个方便，最好也别去打扰他。店里的时钟指向两点差一刻，不过这些钟表往往提前。我安静自在地待了许久，做了些人们闲时常做的消遣。随着时间过去，我感觉好了很多，精神更加振作。时间那么晚，犯困是难免的，而且很难再遇到与法莱特一样的人可以闲谈，可我当时确实没有一丝睡意。

突然，伙计一阵怪动，肩膀一耸，睁眼站了起来。我看看钟：指针几乎还没过两点。他糊里糊涂地睡醒了。我从未见过那种醒法。他怎么醒了呢？我觉得不是因为他喝过咖啡。“在店里睡觉的伙计或许比清醒的我感觉更敏锐……”我想。竟有这样的怪事！伙计站起来，急忙拿起毛巾搭在背上，又端起一个托盘。我问他怎么了，他凑过来说道：

“散场了……”

“谁散场了？”

“在一楼那些人打完牌了，马上就会下来。”

“打牌的？”

“对，打牌的。”

① 前文说腿上。

“他们会进来吗?”

“总会来上一两个。”

“是些通宵牌手吗?夜里不睡?”

“我不知道，他们进来喝杯啤酒就走。”

不一会儿，从咖啡馆门前的凉篷底下走过一群陌生人，外表都很体面。其中只有一个似乎有些眼熟，像是中学里的老师，教数学的，安达卢西亚人，有气管炎，一脸疱疹，烟瘾极大，冬天总披条斗篷。这帮人都穿着浅色的夏衣，各式各样，形形色色，不过没有特别年轻的。他们经过咖啡馆门前，然后各自散去。只有两个进来点了一杯咖啡加奶，匆匆喝完就走了。我等他们一出门，就问伙计:

“都是吉罗那人吗?”

“不，是菲格拉斯人。”

“职业牌手?”

“内行里的内行。不管打什么牌，他们都是庄家。明白了?”

“有钱吗?”

“这些人可不瞎胡闹。要是做不了庄，他们就不玩了，个个都是精明的老手。”

说着，伙计把座椅四脚朝天地摆到桌上。咖啡馆立刻变了样儿，一副拒人千里的架势。没有什么能比椅子上桌的咖啡馆显得更有敌意。他拧了几个开关，店里几乎全黑了，只有柜台上的一个灯泡照着我坐的桌子。接着，伙计严肃地说道:

“对不住，这会儿真要关门了。”

“没办法了。说老实话，我在这儿待得挺舒服，可是没办法……”

“你别以为我着急上床，家里一定热得要命。吉罗那冬天冷得像冰箱，夏天热得能煮鸡蛋……可是有什么法子……这地方就这样……你怎么办？”

“我要去坐早上五点半的快车。”

“还有差不多三个钟头。到旅馆睡觉时间不够，等起来又太长。”

“吉罗那再没有别的地方开着吗？”

“够呛……有，当然，妓馆……”

“我害怕那种地方。没别的了？”

“没了，全关了。”

我与伙计道过别，重新上路。瞎转悠吧，漫游并不坏，只是人们不太懂得体验。过了四方，我沿箭弩路往下走。街上寂寥无声，各家各户半敞着阳台和窗户，屋里一定闷热逼人。时而传来极有节奏的鼾声，仿佛摇动的钟摆。打鼾的人有时被憋住，会从喉管和鼻子里发出一种难以形容的声响，好像某种穴居的古兽大声的低嗥，而后节奏又恢复正常。在吉罗那老城，有些临街的住宅房间很大，屋顶很高，阳台相应地十分宽阔，所以百叶窗都大得惹眼。当百叶窗垂下，搭在阳台栏杆上形成一条柔和的曲线，屋里的鼾声会显得更加温和辽远，似乎融入夏夜，不可分割。偶尔还能听到自来水在流淌，单调的水声更令人难以辨别方位。在这些散发着热气的街头闲游，有时能听到高声的梦呓。有些人的梦话凌乱难解，而有些人做梦时谈吐自然，字正音清，初听起来，似乎可以与之应答。假如能亲耳听到一段不假思索、直言无垠的夜间对白，也是一桩趣事。这也不过是空想罢了，梦里的独白永远变不成对话，而且絮絮叨叨，令人茫然。有时虽能听懂只言片语，合到一起还是莫名其妙。今晚，我没听见有人梦呓。

到了圣菲利乌路的上坡，我有些转向，就继续沿箭弩路朝伽伊冈茨桥走。这时我身处圣柏拉区，发现走错了路，便掉头返回。我本想经过圣菲利乌的坡道和老北门，前往大教堂广场，再沿学校所在的力量路抄回四方和兰布拉——早先也叫卷心菜广场。这是吉罗那老城中最特别的一条路线。当时，街上空无一人，而那些欢乐窝，按惯用的夸张字眼儿形容，正门可罗雀。可隐隐听到一台留声机在响。在苍蝇路口，有个三十五岁上下的男人，小个子，黄头发，前额窄而凸，脸上带伤，两眼无神，嘴唇干燥而颤抖，胡须软塌塌的。他穿着挺高的皮鞋，走路一步三摇，像头骄傲的小山羊……我踏上伽伊冈茨桥，自忖如果在掉头之前出圣柏拉门，然后到乌尼亚尔河最下游的湿地去听成群的青蛙高唱，岂不更好。那里青蛙众多，叫起来震天动地。尽管已经过去多年，我一想起空气中回荡的群蛙齐唱，便忆起从前：自戴维萨返回学校的途中，浑浊的河水倒映着岸边楼窗的灯火，色彩缤纷然而黯淡，有许多吉卜赛人的篷车，前面燃着一堆堆篝火。当然，今天就算去了恐怕也是空走一趟。蛙鸣的时节是在晚春五月，临近学期结束，而眼下已是八月，加上今夏的燥热，我不知道青蛙能否叫到现在。我走完刚才的街道，在一扇大门前见到了街区的守夜人。他正坐在连着门柱的石凳上睡觉，从梭镖和灯笼之间，露出安详流汗的脸，大概六十多岁，一脸红光。我正看着那人，一扇窗户猛然打开，吓我一跳。我循声扭过头去，眼前楼房二层的窗户中照出一抹亮光。忽又听到一声尖叫，只有闪电般的一刹那，一个女人探出脸来，窗扇随即砰然关闭。守夜人似乎毫无知觉，继续坐在他的家伙之间酣睡。我说不出那女子的长相，不知是黑是白，更说不出那声尖叫是出于痛苦、兴奋（例如过饮）还是疯狂。我记得，上学时住的那套公寓里有一种名叫“马杜兰伽斯”的舞蹈（这个词越来越少见，特别是在巴塞罗那），最初由手摇风琴伴奏，后来换成了自动钢琴（演奏时要用带孔的纸筒，留给我一种十分粗鲁的印象）。一切发生得都很突然，随着窗户掩闭，女人的尖叫消失在空中，街道又重返先前的宁静。这时，我来到圣菲利乌的坡路，街对面有道拱门，要去奥涅尔桥必须穿门而过。拱门旁有家烟草店，待客相当和气。与此相隔两三个门有间铺子，年久昏暗，十分狭小，是八十年代通煤气以前的老字号。似乎只要是过时的玩意儿，在那儿都能找到。上学的时候我们常去那里买甜棒和甘草（这是我们镇上的零食，在吉罗那的学生中间已经不流行了）。店主人经常亲自招呼我，在我的印象中，是老商家的典范。他长相奇特，身材短小；头上一顶曾有绣花的便帽，帽檐很靠前，几乎罩住了整个前额；一件灰短袍，破旧得叫人根本看不出原本是羊驼毛的；两只貂鼠眼，鼻头像圆球，稀稀拉拉的胡茬，几层松松垮垮的下巴；一只圆滚滚的小肚子，从肚子底下耷拉出两条裤筒；绑腿带软不溜丢，连着灰不溜秋的拖鞋，两只光脚跟露在后面。他是个出名的色鬼，如儒勒·雷纳尔[①]所谓的“风流鬼”。总之，他看似那种腰里总揣着石头的男人[②]，外表严厉，老一副恶狠狠的神情；一双财迷眼小而犀利，目光所及之处，连空气也变得腐臭。他日积月累，涓滴不漏。进了他的店，等眼睛适应了店内的昏暗，最先触目的就是一张“今日不赊”的字条。我初次见到这种告示，还是在大教堂广场上仅有的一家食品店里。

我走向老城的北门，一路上似乎照明越来越少，隔很远才能见到另一盏气血亏虚的电灯。到处是裸露的石砖，更显得夜色沉沉。天气还很热，不过清晨的空气似乎稍微变得稀薄。正在这四下无声的时刻，我意外地听到一声鸡叫。快到报晓的时间了，但是从一座教会的建筑中传来鸡叫，即便不算可笑，也算稀奇。那只鸡在哪儿呢？可能是哪所修道院里有鸡窝，也可能是某人送给大教堂的牧师或者要员的礼物，正等着烤好了送上餐桌。朦胧的夜色中隐约可见大教堂石块堆起的轮廓。钟声敲响三点三刻，时间还早。尽管我脚步迟缓，走走停停，时间依然慢得令人绝

---

① 儒勒·雷纳尔（1864—1910），法国作家。

② 此指一起争执，随即动手。

望。为什么绝望？只因人的喜好全出自心中的些许私意。少了这些私意，即便一桩小事也要大大地勉为其难。所谓真实，仅仅是我们的需求和爱好。我真想见到白天里的大教堂。毕竟，我觉得大教堂盖得挺不错。这是什么傻话？难道还有修建得不好的大教堂吗？

狭窄漆黑的力量路，看似一张噬人的兽口。我经过了常规和技术学院，感到全身疲乏，头重脚轻。我走近一扇门，倚在门柱上。不一会儿，先前的汗流浃背已经变得有微微凉意了。我贴着楼墙，来到邮政中心，坐到低矮的台阶上，感觉更加舒畅。我听见一驾马车穿过四方，看到三两个行人，其中一个是身穿大氅的妇女。我不知道他们正要回家睡觉还是刚刚起床。这是个暧昧的时刻。在四方，我巴望着等到一辆去车站的出租马车，随即明白这是个空想。处处大门紧闭，不见一个人影。我回到兰布拉，看到有张长椅可以坐，觉得如获大赦。我走走坐坐，没费太大力气就到了石桥。从桥东侧的护栏，也就是朝柏德莱拉区的一侧，隐约出现第一缕晨曦。若在往常，我根本不在乎走到车站，今天却觉得道路极其漫长，担心自己会晕倒。我咬牙走过新大街，来到坎普斯侯爵广场，又在一张长椅上歇了很久。在这远离都市拥挤的角落，清凉的空气令我自在了很多。我来到车站对面的小公园，发现还没开门，幸好车站的广场里有张长椅可坐。天色渐明，不时有车马行人经过。一个男人手抄裤兜，一路蹦蹦跳跳。我看见那个卖彩票的大块头，拄着一根粗硕、装有采菇探头的分节拐杖，仿佛做生意是靠着挥舞大棒。最后，车站的餐厅开了门。时钟已指过五点。我好说歹说，凭着常客的面子，要到了一份鸡蛋饼。我抽空儿取回了行李，又托了一个相识的代买车票的小伙计替我买了一张车票。我没力气排队，而且一直不耐烦这类规矩。鸡蛋饼黄灿灿的，配着凉拌苦苣、青椒和番茄——是最可口的长番茄，八月底正上市。凉拌里还加了油盐，真是一道好菜！饭后，几颗烤杏仁和一杯很像板栗汁的饮料。我小吃一顿，精神振作，不必再望梅止渴。我坐在车站时钟下的长椅上等火车。天色越来越亮，车站员熄灭了照明灯。开始有人进进出出，一天的活动开始了。

火车总算来了。我登上一节三等车厢（我也从没坐过别的等级）。旅客不多，我找好位置，希望有个熟人，能借聊天驱散困乏。可是我发现几乎人人都在睡觉，有的仰着脑袋张着嘴，有的毫无顾忌地打着呼噜。铃声，汽笛，列车启动。到了福尔奈伊车站，我挨不住困，打了几个长长的盹，其中一段是在布莱达到伊纳斯之间。尽管阳光刺目，火车轰响，座位也不舒适，我却伏在石桌上睡去。幸好闭过几回眼，否则这次旅程真会把人累死。

八月二十四日

早上八点半，火车到达了巴塞罗那。我搭上一辆出租车，经兰布拉大街回到公寓。上楼以前，我在隔壁的咖啡店里喝了杯咖啡加奶。赶紧上床。起初有点儿睡不着，但是一旦睡去，就不知道会是一连多少个钟点了。

夏天，巴塞罗那最好的时间是早上太阳射进城市以前。树木茂美，空气宜人，市景一派清新，颇有情调。然后，阳光开始刺眼，周遭又潮又闷，使人生倦。

晚上七点半，我醒了过来。公寓里空荡荡的。我吃了一条炸鱼和一份土豆牛肉，似乎是昨天剩的，然后又回到床上，开始写在吉罗那的经历。这篇文章应该写得实实在在，完全不含夸耀。屋里吹着小风，我一挥而就，然后再度睡去。实在太累了。

九月七日

早上，我在“黄金里昂”咖啡馆的露天座位上见到了沃拉耶拉博士。他身边有位女士相陪，还有一位我们都认识的飞行员尤易斯·弗耶。昨晚天气极好，兰布拉大街令人心神舒爽。吉姆见我迟疑，就打手势让我过去坐。我从命了。在场的人我都认识。在座的那位女士是沃拉耶拉博士的一个相识，此前曾向我介绍过的。她已经上了些年纪，性情欢快，眼睛有点儿斜，体格细瘦但不很匀称，衣着十分讲究，极其风趣活泼，神色中含着生活的折磨。吉姆说她阅读广泛，颇有学识。吉姆近来好像深受普鲁斯特影响，一天到晚兴趣盎然地谈个没完，旁敲侧击想让别人也一览为快。我觉得，如果这位女士读普鲁斯特，他一定会以为这是一件趣事。

我的意外到场并未打断众人的交谈。话题是人的虚伪。那位女士正在发言，讲得神采飞扬。

“据说虚伪似乎为女人独占。女人在社交应酬时所使用的服饰、表情、言谈……看上去都是明证。在这些场合，最能体现女人虚伪的是她们的衣帽。女人的一切外在表现都相当浮夸，完全不含简约真挚。尽管如此，我不认为虚伪为女子特有，尤其不可一概而论。男人较之女人，虚伪更胜千万倍。本人对此是有些阅历的。男人的虚伪在特定时刻会直露得可气：即在床底之间。他们纠缠不休，无所不用其极，令人难以呼吸、疲于应付。他们作起态来简直孩子气，表现得越坏，骨子里就越幼稚……需要很大的耐心才能忍受。”

弗耶听着这番言谈，面含一种狐疑的微笑——的确满载着虚伪。看来他只顾孤芳自赏，对于他人是否虚伪全不在意。吉姆变得表情极为严肃，脸上的肌肉纹丝不动，好似戴着一副面具。我相信他对这位女性友人的话很感兴趣，或许还为她大方的谈吐感到惊讶。吉姆正痴迷于普鲁斯特，或许看到了引导这位女友读普鲁斯特的可能——普鲁斯特毕竟是很难懂的。

“是男人的骄矜、做作和虚伪心，使女人心生难堪的无聊和绝望，因此才背信弃义。这是各个时代都一再发掘的文学主题之一。女人的不忠和狡诈是对男人的自命不凡自然而然的报复。男人自信拥有一切美德、一切才能、一切智巧乃至一切生命力，实际上却往往庸凡贫弱。男人很少讲真话，大体上跟想象相去甚远。梦想的破灭导致女人的背叛，这是正常的反应。在我们这种国家，整个社会体制似乎都在为女性运动设置种种障碍，以确保男人的迂板不化绝对不受侵犯。在小说家笔下，女人的言行不一和喜怒无常只不过是报复的手段。可笑的是，男人竟对女人的这些缺点横加指责，其实他们自己正是其根源。假如男人不这么爱慕虚伪，女人就不会如此危险。”

这时，弗耶微笑中的疑虑更加明显。他的尴尬或许源自他对这位女士的意旨不甚了了。

吉姆问道：“小姐，您在工作中遇到过单纯、坦诚和自然的男子吗？”

“有几个，非常少。当然，有些男人怕出洋相，似乎无意当众炫耀。然而一味藏拙有时使人落入窠臼。那些过分谨慎的倒霉鬼全是百无一用的废物。除此以外，男人几乎个个爱卖弄风雅，爱慕虚荣，令人窒息。”

哥伦布纪念碑一侧的天空开始泛白，吉姆问是否该散场回家了。他的寓所在主教路与圣佼马广场的交汇处。从他家的一座阳台上可望见广场和峙立其中的两座大楼①。每天早晨，这里都散发着一种冷冰冰的乡下官僚气。

---

① 巴塞罗那省政府和市政府。

十月一日

天空阴沉，预示着一场晨雨，可是降下的水连街面也没打湿。午后时分，阳光灿烂，却已显出秋天的颓态。傍晚，天色转暗，间或洒落几点羞涩而卑微的雨。

在各式各样的作家中，有几位擅写巴塞罗那，人称“巴塞罗那派”。所有略具规模的城市里都有这类作家存在，而且通常文笔出色。他们的称述皆出自文献。文献中可找到的东西太多了！我不认为他们的工作有什么难处，因为各类历史典籍取之不尽。这些作家有时会情感洋溢，夸大其词。最近树木开始落叶，便有一位写道：“兰布拉的梧桐，落着麻雀的绒羽，只要稍用心思，便如绽放的扁桃木。”

这些作家常常如此莫名其妙。

我有时会去电影院，次数很少，不过我尽量去那些上映新片的地方。然后，如果碰上张三李四，既然总得攀谈几句，我就说看过哪部哪部电影。对方听了我的话，不为所动，十分冷静地说道：“我已经看过了。”我有几回跟一对夫妇也聊到电影，两人异口同音：“啊，我们已经看过了！”

有时，我读完一本当年或者近年出版、没人记得的新书，便跟一些似乎爱书的人谈论。他们会含笑说道：“哎呀，我已经看过了……”

如果我买一部剃须刀，据说是最新型的，那么必定人人都已买过。如果我听信专家的推荐，去一家新开张的餐厅吃饭，必定人人都已去过，而且常会因褒贬不一而掀起许多争论。

在这座城市里，人人都是无事不晓，无书不读，无所不有，无所不通。我觉得原因在于城市太小，不过也不敢妄下定论。我负责报纸的时事专版，一天晚上七点，我在卡岱纳路见到一具男人的尸体，刚死于一场集体谋杀。七点半，我把这件事告诉一个朋友，而他已经知道了。你要是特别幸运，听了哪个地下诗人朗诵自己未发表的诗歌，然后忍不住向朋友透风，那你就是在自讨没趣。那些无人知道的诗歌早已被赏鉴过了。

我这人本来无所期待，自然也就不爱吃惊。可是，如果能在巴塞罗那遇到一个真正对某方面问题一窍不通的人，我一定会感到快意。可惜，这种人不多，姑且在消息灵通人士中间勉强度日吧。

写作……

阿特纳奥斯图书馆集有一套《法国的水星》杂志，在其中一辑我读到莱米·格尔蒙特的语句：“记下我们所有的经历。”一个有趣的想法。看似矛盾，细细考虑，或许就不是一句纯粹简单的傻话了。普鲁斯特看到这句话（据巴塞罗那一个最了解普氏底细的崇拜者向我透露），随即说道："这就是我全部的事业。"普鲁斯特对格尔蒙特的论断大加赞同，那么他究竟作何见解呢？

无数事例表明，以亲身生活经历（尤其是部分经历，因为将所有事件一一写出，会产生大量琐碎的文字）为题，是能够写出好作品的。以蒙塔奈尔①的传记为例，假如纸上的记载并非他本人亲历，这本书还会那么精彩吗？当然，以史传作家的立场，通过采集他人的经历和描述，即间接经验，无疑也能写出优秀的文章。

一部重要的文学作品，例如普鲁斯特的小说，是一口深不见底的井。其中既包含作者的亲身生活，也包含许多他人的经历。书中每一句、每一段都有来历，都有故事。这是一部建筑在错综难解、深广无际的混沌——即生活本身——之上的作品。作者记忆的光辉映入这片纷纭，将事物分门别类。这一梳理固然有其局限，却为作品奠定了基础。普鲁斯特拥有一种神奇的记忆力，不仅能生动地保存自己的见闻，而且记得因之而起的感想，也就是说，面对表象的思维反应。

就这一点而言，不能说普鲁斯特是个纯粹的史传作家。我曾经零星读过圣西蒙的《笔记》，虽然对他了解不多，却可以说圣西蒙是个地道的学院派史传作家，因为他的作品

---

① 蒙塔奈尔（1850—1923），加泰罗尼亚建筑师。

基本上是纪事：时间、场景、男男女女、事件经过。普鲁斯特远远不止于此，他作品中的某些片断是一种惊人的现实主义，一种真实的自然主义，令所有自然主义作家即使是在其鼎盛之年也难望其项背（我对自然主义稍有了解）。由此而论，普鲁斯特是一位空前的现实主义大师。不过，除了现实，还有作者全部的思想观念世界，有时起自同外界的感官接触，有时缘于内在心灵的沟通，有时关于社会，有时针对艺术以及其他问题。普鲁斯特是位现实主义大家，却又超越了现实主义，比同流派的作家更加完善而复杂。多年来，各方各派自守雷池，争论不休。普鲁斯特综合了种种貌似水火不容的理论，化解了这场难解难分的辩论。他一改当时现实主义幼稚的条条框框，突出一种独到的细致和精妙的表达，展现一个无限富于精神和感性要素的真实。所有文学大师很可能都有这种意义，可谓所见略同：超越因人类的渺小而被几何概念化的世界。对我而言，显见的事实是，普鲁斯特将空洞拘谨的小现实主义逐出了文学的园地。一方面，他远比那些现实主义作家更为现实；另一方面，普鲁斯特更加趋近现实的本质，将现实置于自己奇妙而高度复杂的人格之中，使之升华。

或许讨论细节的问题有助于阐明我的想法。严守藩篱的现实主义作家有时会堆砌大量细节，令人生厌，以至于近于自然主义或写实主义。与他们相比，普鲁斯特作品中的细节数量甚至更为庞大，有时甚至铺天盖地。细节是所有文学作品的精华所在。文学写作的基本情趣依靠细节体现。一个有希望的作家会时刻面对大量有待拣选的细节。一处描写，一个字眼，会令读者顿入其境。而在现实主义或自然主义的创作程式中，细节描写缺少力度，形式过于简单，往往由于作者苛求精确而琐屑不堪，流于欧几里得式的斤斤计较、平铺直叙，致使读者兴味索然。普鲁斯特的细节描写与此不同，更有厚度——并非更繁多或琐碎，更加深刻而全面，每时每刻都是出于需要。在他的文学中，生活不是条条框框，而是一个充实、深远、视角宽广丰富的世界。

有人认为普鲁斯特笔下最出色的人物是夏尔鲁斯，那位喜好男风、知识广博、特立独行的大贵族。也许。厨娘弗朗索斯也同样是个举足轻重的人物。对她的描述最为分明，完美无缺地揭示出她的情感生活和内心世界。

普鲁斯特是当今文学的一座巅峰。我得时常感谢厥安金，是他苦心劝导我阅读普鲁斯特。

有趣的是，普鲁斯特尽管是位现实主义者，却始终保持着一种无可挑剔的优雅品味。他面对同时代的艺术和时尚，有种难以具言的气度。据吉姆说，这是由于他接受过英国前拉斐尔画派和现代主义的影响。

十月十二日

在帕拉弗鲁杰的友人会上——有朋友，有半熟脸，也有冤家对头，友人会上总有你不愿见到的人——大家畅所欲言。阿特纳奥斯的俱乐部情形也是如此。几乎可以肯定，巴塞罗那所有或者绝大多数的讲谈会都有这个特点。

我曾多次质疑，这种自由如果不受约束，能否维持得长久。有人说：自由无论多少，永远不够。这是谬论。个人可以自存己见，但从社会角度而言，自由应当有所界限。我觉得眼下这种自由将难以持续。每个人都口无遮拦，不知羞耻，对任何问题都敢大放厥词——反正闹不清是谁说的。人们无所不谈，全逞一时之快。这一无可否认的语言宣泄现象是极有趣的。时时穿梭于巴塞罗那、巴黎和伦敦的柏拉·因格拉达说，眼下巴塞罗那人的言谈是绝无仅有，大部分谈话都是嘻嘻哈哈，即便社会问题也激不起半点儿反思和必要的严肃，感觉像是最为放肆的言语征服了一个羞怯的国度。

“这种局面会自生自灭，”恩里克·加尔蒂今天说道，“等另一个政府上台，所有这些夸夸其谈会一去不返。树倒猢狲散，人人都会变得一板一眼，出殡似的沉沉稳稳。说话会变得缓和谨慎，喧嚣将会平息。我们将从一极走向另一极。历来如此。”

译后记

在本书的翻译过程中，友人曼努埃尔·帕蒙·贝隆（Manuel Pavón Belizón）为我解答了许多重大疑难，在此深表谢意。还要感谢我亲爱的蒂尼亚（Tònia），是她不断的鼓励让我克服了连月来的烦躁和疲惫。

元柳

二〇一七年四月二十三日，圣乔治日

于巴塞罗那

著作权合同登记号　图字 01-2018-1629

图书在版编目(CIP)数据

灰色笔记 /（西）约瑟·普拉著；元柳译. —北京：人民文学出版社，2019
ISBN 978-7-02-015018-2

Ⅰ. ①灰…　Ⅱ. ①约…　②元…　Ⅲ. ①日记-作品集-西班牙-现代　Ⅳ. ①I551.65

中国版本图书馆 CIP 数据核字(2019)第 019091 号

责任编辑　**卜艳冰　张玉贞**
装帧设计　**钱　珺**

出版发行　**人民文学出版社**
社　　址　**北京市朝内大街 166 号**
邮政编码　**100705**
网　　址　**http://www.rw-cn.com**

印　　刷　**上海盛通时代印刷有限公司**
经　　销　**全国新华书店等**

字　　数　**150 千字**
开　　本　**890×1240 毫米　1/32**
印　　张　**8**
版　　次　**2019 年 5 月北京第 1 版**
印　　次　**2019 年 5 月第 1 次印刷**

书　　号　**ISBN 978-7-02-015018-2**
定　　价　**49.00 元**

如有印装质量问题，请与本社图书销售中心调换。电话：010-65233595